DIARIO DE UN AMOR NORTE-SUR

DIARIO DE UN AMOR NORTE-SUR

Albino Gómez

TURMALINA

Gómez, Albino

Diario de un amor Norte-Sur / Albino Gómez. – 1a ed. – Ciudad Autónoma de Buenos Aires : Turmalina, 2018. 184 p. ; 20 x 13 cm.

ISBN 978-987-3872-08-2
1. Narrativa Argentina. I. Título.

CDD A863

Imagen de tapa: photo by Csabi Elter on Unsplash

© Editorial Turmalina, 2018

Hecho el depósito que previene la ley 11.723

info@editorialturmalina.com

www.editorialturmalina.com

ISBN: 9789873872082

Compaginado desde TeseoPress (www.teseopress.com)

Antes de dar comienzo a esta historia, consigné en mi diario íntimo algunas noticias que llamaron la atención de la prensa Argentina en octubre de 1977:

- 3/10. Muere Ernesto Blanco, actor argentino nacido en 1922.
- 5/10. Se publica la primera solicitada de familiares de desaparecidos, en el diario *La Prensa*. Entre las firmas de las Madres de Plaza de Mayo figura la de Alfredo Astiz, oficial de la armada infiltrado en ese grupo.
- 11/10. Amnesty International, organización que denuncia activamente la situación en la Argentina, recibe el Premio Nobel de la Paz.
- 14/10. Muere Bing Crosby, cantante y actor estadounidense nacido el 2 de mayo de 1904.
- 15/10. La Policía Federal interpela a unas trescientas madres reunidas frente al Congreso para entregar un petitorio con 24 mil firmas en el que se exige una investigación sobre la suerte de los desaparecidos.
- 21/10. La Sociedad Interamericana de Prensa (SIP) advierte al gobierno argentino que debe liberar o procesar a 21 periodistas detenidos.
- 22/10. En Panamá, el general Omar Torrijos Herrera gana la disputa por el Canal y Estados Unidos reconocería la soberanía panameña y la neutralidad del Canal y su zona, pero mantendría derechos de defensa permanentes.

Ese mismo día 22, transcribí también en mi Diario íntimo el siguiente cable telegráfico:

LLEGO DOMINGO 23 VUELO 941 VIASA. TE RUE-
GO ME RESERVES HILTON O TAMANACO HASTA
NOVIEMBRE CINCO, ABRAZOS
ALBERTO D'ALESSANDRO

Estaba dirigido a mi amigo y ex colega, consejero cultural de la embajada Argentina en Caracas, a quien ya le
había anticipado por teléfono dos días atrás mi viaje, pero
todavía sin la fecha cierta ni el número de vuelo. Corría
octubre del año 1977 y no era fácil conseguir habitaciones
en esos dos únicos buenos hoteles que había entonces en
Caracas, si no se hacía la reserva con bastante anticipación,
que no había sido el caso. La colaboradora principal de
mi amigo en la embajada, Florencia, curadora de la galería
de arte (de prestigio y gran actividad entonces), le dijo en
confianza a su jefe, ya que era muy amiga de su mujer: "qué
riñones que tiene su amigo, avisar con 48 horas de anticipación que quiere instalarse en el Tamanaco o en el Hilton".
Sin embargo, había conseguido –muy precariamente– lugar
en el Anauco, que era un anexo del Hilton. Esa muchacha
venezolana tenía 26 años; licenciada en Historia por la Universidad de Caracas a los 19 años, daba clases de geografía e
historia y atendía la galería de arte en la embajada, ocupán-
dose también de otros temas culturales.

Mi primer viaje a Caracas se había producido unos 18
años atrás, pero sólo se trató entonces de una breve escala
aérea en viaje a Nueva York. El segundo también tuvo lugar
durante un viaje a Nueva York, pero esa vez en uno de los
tres barcos de carga y pasajeros de la Flota Mercante Argentina, el "Río de la Plata", que hacía Buenos Aires-Nueva York
con un par de escalas previas, la última en el puerto venezolano de La Guayra, un par de días. Corría entonces el año
1959 y me fue a buscar allí en el auto de la embajada mi amigo y colega Enrique Velar, que era entonces el encargado de
negocios, cargo que ocupó varios años porque el gobierno
no reemplazó de inmediato al saliente embajador debido
a que Enrique funcionaba con una extraordinaria eficacia.
A pesar de tratarse de un joven consejero, había logrado

ganarse la confianza y simpatía del presidente venezolano, Rómulo Betancourt, de varios ministros del gabinete y de muchos otros dirigentes políticos, tanto del gobierno como de la oposición. También atendía muy bien a una colonia de argentinos bastante numerosa y a los artistas de nuestro país que viajaban con frecuencia, sobre todo los vinculados al teatro, a la radio y al tango, que eran bien recibidos en Venezuela, último país de la gira –también última– de Carlos Gardel, porque inmediatamente después de visitarlo moriría en el accidente de aviación que tuvo lugar en Medellín. Hay que tener en cuenta que durante las décadas de los 40 a los 50, el tango, el cine argentino, las revistas *El Gráfico* y *Billiken*, y los libros editados en nuestro país inundaban el mercado latinoamericano, y fue notable la enorme influencia cultural argentina durante esos años.

Este viaje mío de octubre del 77 tenía por objetivo continuar las negociaciones emprendidas con el objetivo de lograr el ingreso de Venezuela a la Facultad Latinoamericana de Ciencias Sociales (Flacso), de la cual era Secretario Regional de Comunicación. La Flacso era un organismo de carácter regional y autónomo, constituido por los países latinoamericanos y del Caribe que adhirieran formalmente a sus estatutos. La sede central, radicada en Santiago de Chile, se había trasladado a Buenos Aires después del golpe contra Salvador Allende, ya que el propio Secretario General de la Institución, amigo mío, había sido detenido y llevado al famoso Estadio, procedimiento efectuado por las fuerzas de seguridad mientras se encontraba visitando en la "Clínica Alemana" de Santiago a su esposa, que acababa de dar a luz el día anterior. En ese tiempo, yo era precisamente el funcionario que en la embajada de Argentina en Santiago de Chile se ocupaba de otorgar refugio a quienes pudieran ingresar en su predio por temor a perder la libertad o la vida. Además, ya había recibido la visita de mi amigo un par de días antes de su detención, para hacerme saber que su departamento había sido allanado mientras él estaba en su oficina, y que lo había encontrado en un estado lamentable, además de faltarle documentos, portafolios y una máquina de escribir. En ese momento le expliqué que si bien eso era muy grave, mi temor pasaba realmente por que la cosa no terminara allí, y por ende estaba preocupado por su seguridad personal. Temor confirmado dos días después, cuando fue detenido, y debí rescatarlo del Estadio.

Estos hechos habían ocurrido en septiembre de 1973. Después de otorgar refugio a más de cuatrocientas personas, debí dejar mi puesto en la embajada de Argentina en Chile hacia fines de octubre, al ser trasladado intempestivamente a Buenos Aires, pero no por pedido de la Junta Militar chilena, sino por propia decisión del gobierno argentino, ya que con la finalización de la presidencia de Héctor Cámpora y el triunfo de Perón para alcanzar su tercera presidencia, comenzó la nefasta influencia de personajes vinculados a la P2 fundada por un famoso italiano, Liccio Gelly. Los agregados militares de la embajada argentina informaron que yo había transformado la Residencia en una sucursal del Kremlin, lo cual constituía un enorme disparate conceptual político, de una irrealidad rayana al delirio. Por supuesto, había en ella refugiados miembros del Partido Comunista chileno, pero también había maoístas, trotskistas y una variopinta población de refugiados, muchos de ellos sin siquiera ideología política. Incluso vincular a esos pocos miembros del PC con el Kremlin ya era un dislate total. Pero para los servicios de "inteligencia" de nuestras Fuerzas Armadas, esa estupidez podía resultar seria y creíble. Todo ello determinó que el 4 de enero de 1974 ocupara el primer lugar en la lista de los casi 200 funcionarios del Servicio Exterior declarados prescindibles por razones llamadas "de mejor administración", y sin ninguna clase de sumario. Pero como ya dije, volví al periodismo, mi primera profesión, para hacerlo en un canal de TV, en un excelente medio gráfico muy similar a *Le Monde*, y luego en *El Diario*, que era el matutino más importante de la Argentina. Más adelante, en 1976, ingresé en la Flacso, como Secretario Regional de Comunicación.

Mi incorporación a ese organismo internacional se debió a una decisión, precisamente, de mi rescatado amigo del Estadio chileno, así como el mencionado viaje a Caracas y también a Panamá. En una carta personal fechada el 10 de noviembre del 77, y luego también en un memo oficial con fecha el 24, le di cuenta de mis gestiones, con detalles sobre mi arribo a Caracas en estos términos:

En lugar de llegar tal como estaba previsto, a las cinco de la tarde del sábado 23, llegué a las dos de la mañana del domingo 24. Ocurrió que el avión de Viasa hizo escala en Río de Janeiro para levantar pasajeros de un vuelo anterior y se quedó allí cuatro horas por razones operativas. Mi reserva fue en principio desconocida por el Anauco, que estaba completo por dos meses. Pero dada mi conexión con la embajada argentina, que invoqué, logré rescatar una reserva válida por 24 horas. Mi casual compañero de viaje fue un conocido locutor peruano radicado en Buenos Aires y su mujer, que llegaban invitados por un joven e importante dirigente político venezolano, entonces Ministro de Información. Pero tal era el desorden que tampoco mi amigo el locutor tenía la esperada reserva oficial. Como se me asignó un departamento dúplex con tres dormitorios, lo invité a él con su mujer a alojarse conmigo, al menos hasta la mañana siguiente, y ver luego si podíamos juntos, con el apoyo de su invitante y de nuestra embajada, permanecer más tiempo allí. El caso es que a partir de la mañana de ese domingo 24 fue él quien recibió de inmediato el apoyo oficial y yo pasé a ser su huésped. Pero igualmente, mi situación como pasajero era muy precaria porque mi amigo estaba furioso con todo lo que pasaba, y con lo que se le ofrecía, por lo cual amenazaba con irse de inmediato sin aprovechar hasta el final la invitación oficial. Finalmente cumplió con su amenaza a los cuatro días y quedé yo al desamparo, ya que todas las gestiones de la propia embajada para obtener nuevo alojamiento fracasaban. Incluso gestiones hechas por el SELA (Sistema Económico Latinoamericano), y las mías propias, que consistían en no solo llamadas, sino también en recorridas de hoteles en taxi para tratar de ser más persuasivo por la vía personal, y porque muchas veces resultaba imposible conseguir hablar por teléfono. Como sería la cosa que el SELA estaba por comprar dos departamentos para sus invitados con la finalidad de evitar esos problemas. Fue así como perdí los días lunes 24 y martes 25. Finalmente conseguí en el mismo Anauco un estudio, pero también por 24 horas. Cada mañana negociaba con el subgerente de turno la prolongación de mi estadía, lo cual no era la situación más cómoda, pero no tenía otra solución. De ese modo fue como pude ir prolongando mi estadía hasta el sábado 5 de noviembre. Después de esa fecha la cosa no daba para más y decidí partir a Panamá para cumplir con la gestión vinculada que me habías asignado, hacer tiempo y esperar tu llegada a México.

Como adelanto a un memo formal posterior y completo, te cuento que ya a partir del miércoles 26 y jueves 27 me lancé al ruedo tal como estaba y sin saber por cuánto tiempo podría permanecer en Caracas. De todos modos, no pude comenzar antes porque debí dejar pasar el largo fin de semana que empezó el viernes 28 y siguió el sábado 29, domingo 30 y lunes 31, ya que el martes 1° era feriado, no sé si por los Santos o los Difuntos. Luego sólo me quedaron el jueves 3 y el viernes 4: en total pasé cinco días hábiles agotadores y frustrantes...

Si bien le informé a través de largos y detallistas memos acerca de todas las personas previstas para mis encuentros, tanto del gobierno como de alguna de las universidades y organismos vinculados a la labor de la Flacso, lo que recién le hice saber tiempo después, fueron dos circunstancias: una de carácter personal y la otra oficial y funcional. La personal era que había comenzado una fuerte relación con la venezolana a cargo de los temas culturales en la embajada argentina, con la cual había pensado en la posibilidad de casarme, pero eso lo comenté cuando la relación se estabilizó porque hubo fluctuaciones vinculadas a que a ella yo no le brindaba demasiada seguridad afectiva. Y lo segundo, era que seguir viajando por los diversos países del continente, tal como podía apreciarse a través de mis informes, no producía los resultados esperados y sí en cambio un fuerte gasto. Así las cosas, mi objetivo era tratar de convencer a mi amigo, jefe de la Flacso, de que la solución sería instalarme directamente en Nueva York o en Washington DC, porque eso me daría la posibilidad de tener contacto entre esas dos ciudades con los embajadores de todos los países latinoamericanos y del Caribe, acreditados en Naciones Unidas, como ante la Casa Blanca y la OEA. Y dichos embajadores, por estar en esas posiciones era obvio que gozaban de algún predicamento ante sus propios presidentes y/o cancilleres, lo cual los transformaba en mejores interlocutores directos para las negociaciones con la Flacso, en función de lograr la adhesión de sus países como miembros plenos, evitándoseme de ese modo la necesidad de viajar continuamente por el continente y sin más gastos de pasajes, viáticos y hotelería. Todo esta experiencia vivida la fui explayando en diversos memos elaborados después de cada viaje, donde puntualmente detallaba las dificultades de obtener las entrevistas, por ausencias temporales de funcionarios o, luego de obtenidas, las de poder seguir sus cursos para retomar más adelante los temas, que a las 24 horas eran totalmente olvidados para dejar su lugar a cuestiones más importantes o urgentes. Vale decir: mucha simpatía, y hasta amistad, muchas comidas, muchos tragos, pero luego no se producían las efectividades conducentes, como decía un antiguo presidente argentino: y no pasaba nada. Mientras tanto, la prensa argentina destacaba los siguientes hechos:

Noviembre de 1977

- 6/11. El *Buenos Aires Herald* informa que el gobierno implantó la censura previa en semanas recientes para frenar críticas a la política económica.
- 11/11. Oscar J. Serrat, de la agencia Associated Press, es secuestrado por una patrulla militar a interrogado durante 18 horas.

- 14/11. En medio de una fiesta popular, los Reyes de España presiden los actos conmemorativos del milenario de la lengua castellana. Guillermo Vilas, argentino, se impone al español José Higueras en la final del campeonato de tenis disputado en Bogotá.
- 17/11. Felipe González rechaza en Washington la integración de España en la OTAN.
- 19/11. El presidente de Egipto, Anwar Sadat, llega a Jerusalén invitado por el gobierno israelí, presidido por Menahem Begin. Radio del Plata es clausurada temporalmente por la policía, sin dar explicaciones.
- 22/11. El avión anglo-francés Concorde, que alcanza velocidades superiores a la del sonido, inaugura la línea París-Nueva York.
- 24/11. Derek Wilson, de la *BBC* británica y Al Ortiz, de *La Voz de las Américas*, son detenidos durante siete horas por intentar entrevistar a un grupo de mujeres en la Plaza de Mayo.
- 26/11. La obra teatral Telarañas, de Eduardo Pavlovsky, que se presenta en el teatro Payró, es prohibida por la Municipalidad de Buenos Aires.

Diciembre de 1977

- 8/12. Alice Domon, monja francesa de las Misiones Extranjeras de París, es secuestrada en la Capital Federal (iglesia de la Santa Cruz). Prisionera en la ESMA (lugar de la Marina de Guerra donde se encarcelaba, secuestraba y se mataba), es torturada y finalmente "trasladada" o sea desaparecida. Junto a Alice Domon es secuestrada Angela Aguado.
- 9/12. En la Iglesia de la Santa Cruz un grupo comando militar secuestra a Azucena Villaflor, de las Madres de Plaza de Mayo. Muere Clarice Lispector, escritora brasileña nacida en 1925.

- 10/12. Léonie Renné Duquet, religiosa francesa de las Misiones Extranjeras de París, es secuestrada en Ramos Mejía, llevada a la ESMA, torturada y "trasladada": desaparecida. La hermana Léonie no tiene nada que ver con los familiares desaparecidos pero comparte la vivienda con Alice Demon, con quien había trabajado en el Chaco en las Ligas Agrarias, en la atención de enfermos. Oficialmente, el secuestro de las monjas francesas se atribuye a Montoneros, aunque la investigación del caso revela como responsable a un grupo de tareas comandado por el teniente de fragata Alfredo Astiz.
- 11/12. Cobra vigencia la disputa entre Argentina y Chile acerca del límite Sud Atlántico. El presidente argentino Jorge Rafael Videla, en rueda de prensa con periodistas japoneses, explica la desaparición de personas en el país por diversas razones: el paso clandestino a la guerrilla y la partida de extremistas al extranjero bajo nombres supuestos. Dice que los "desaparecidos" son gente que ya no está.
- 21/12. Es secuestrado y desaparecido Luis Guagnini, de 34 años, de la agencia Inter Press Service, militante montonero.
- 24/12. Es detenida y desaparecida Susana "Piri" Lugones, de 47 años, periodista, traductora y editora.
- 25/12. Fallece en Suiza Charles Spencer Chaplin "Charlot", actor y director cinematográfico, a los 88 años.

Enero de 1978

- 10/1. Es asesinado en Nicaragua el editor Pedro Joaquín Chamorro.

- 23/1. Es detenido el empresario editor Federico Vogelius, fundador de la revista *Crisis*, que cerró el 22/7/1976, declarada subversiva el 28/12/77.
- 25/1. El gobierno declara la nulidad del laudo arbitral sobre el Beagle y se inician preparativos de guerra tanto en Argentina como en Chile.

La relación con Florencia comenzó muy fuertemente durante noviembre y parte de diciembre del 77, cuando ella viaja con sus hermanas y primas a Oriente. A su regreso, a principios de enero, se produce un período de transición, porque sobrevino comenzado el 78 un tiempo de dudas e inseguridad de parte de ella. Por un lado, la reaparición de una larga relación anterior que debió terminar en un casamiento que se iba postergando por rupturas, y que se había quebrado casi definitivamente por mi aparición. Por otro, porque ese personaje, al advertir la nueva relación de ella conmigo, intentó retomar la antigua relación, cosa que a Florencia la hizo trastabillar un tanto. Además, yo le llevaba 23 años, estaba separado de hecho y tenía tres hijos, mi trabajo dependía todavía de Buenos Aires y ella clavada en Caracas con sus dudas. Esa renuencia de Florencia a partir de enero me descolocó totalmente, pero seguí insistiendo con cartas diarias y llamados telefónicos frecuentes, más un par de viajes a Caracas, con la firme esperanza de recuperar el espacio ganado al comienzo, mientras ella mantenía el contacto pero con cierta distancia emocional, a modo de un compás de espera, muy padecido por mí y expresado con fuertes reproches que evidentemente constituyeron un error, digamos emocional para no llamarlo táctico.

Febrero de 1978

- 2/2. Muere el folklorista Jorge Cafrune, según versiones oficiales, en un accidente.

- 9/2. La poeta Carmen Conde, nacida en Cartagena en 1907 es elegida miembro de la Real Academia de la Lengua Española y se convierte en la primera mujer que ingresa en la institución.
- 20/2. Conflicto argentino-chileno: Jorge Rafael Videla y Augusto Pinochet se reúnen en Puerto Montt, donde el presidente chileno ratifica la validez del laudo y firman un acuerdo finalizado y refrendado sobre el Canal de Beagle.
- 24/2. Por decreto es clausurado el diario *La Razón* por un día, por publicar información sobre el conflicto territorial del Canal de Beagle

Cuando después de un breve viaje en febrero del 78 me despedí de ella en un restaurante cercano al aeropuerto de Caracas, le dejé estas líneas:

> Aeropuerto-Maiquetía (no sé a qué nivel del mar, pero el mar y el horizonte están cerca). Todo está cerca pero lo que está al lado, pegadito a uno, es lo más difícil de ver. Pero de todos modos, cuando tomes distancia sabrás qué era. Te amo profundamente y ahora más serenamente. Alberto

Estoy en Buenos Aires, son las seis de la tarde y me siento muy bien. Claro está, preferiría tenerla a mi lado, pero eso es obvio. Marzo y abril son los mejores meses de Buenos Aires, por el clima, por el color de las tardes. El cielo está celeste y diáfano. Veo los veleros sobre el río. Estoy solo. Uno de mis hijos dio examen y se fue a Mar del Plata el jueves, para volver esta noche. El mayor y el menor almorzaron conmigo y salieron. La madre está en Punta del Este y se va a Nairobi para una reunión de ecología (PNUMA) y luego a Ginebra. Después de la separación, esto me da tiempo y espacio para reubicarme. En cuanto al viaje desde Caracas a Buenos Aires: estoy tan destinado ahora a la fidelidad que tuve por compañeras a dos monjitas.

Desde mi vuelta hice muchísimas cosas: entregué todo el material para un test y un estudio grafológico que me dio Florencia para que lo hiciera analizar por un buen profesional que conozco. Lo tendré la semana próxima para enviárselo. Tuve anoche un asado en el que estaba el *tout* Buenos Aires en escala reducida (50 VIPs, escritores, musicantes y Manuela Vargas). Charlamos y discutimos sobre la situación del país hasta las 5 de la matina. Estaba también la única hermana mujer del poeta César Fernández Moreno, discípulos de Arnaldo Rascovsky, pionero del psicoanálisis en la Argentina, que me piden que lo llame porque hace mucho que no charlo con él. Me vinculé a su grupo durante su trabajo en Filium, organización de carácter interdisciplinario que creó en defensa de los hijos y el repudio a las guerras. Ello me permitía almorzar en su piso de la avenida Pueyrredón los días jueves, en encuentros que eran estupendos. Hice gimnasia ayer por la mañana y también hoy. Dejé de fumar. Escribí un buen informe para Flacso y otro para *El Diario,* ya que volví a trabajar en él pero como colaborador externo. La paranoia que nos crearon los servicios de información a los colaboradores cercanos al presidente Frondizi entre 1958 y su derrocamiento en 1962, que nos hacía usar nombres falsos en las llamadas telefónica e iniciales en nuestras cartas o memos, me quedó para siempre.

A pesar del parate en mi relación con Florencia, producido por ella, estoy de buen ánimo, y creo que si hoy me tocara estar en Caracas, es obvio que desearía con todo mi ser pasarlo con ella, pero si no pudiera verla, no se lo cuestionaría. Lo importante es que después de comenzada mi catarsis y no llamarla, quebrando mi cierta negativa dependencia, sigo queriéndola. Vale decir que lo dañino en la relación era mi dependencia pero no el amor. El amor se mantuvo.

Por supuesto, al subir al avión leí su pequeño billete, tierno y dulce como el papel japonés donde lo escribió. Realmente se lo agradezco profundamente, pero ella debería saber que yo podré llegar a estar de 10, pero todo ello será desde el punto de vista psíquico, físico, intelectual, capacidad de trabajo, etc. Aunque sin amor. Porque lo que se llama amor, estará depositado en Florencia aunque ella no lo renueve o no lo acepte. Pero sería un desperdicio para los dos no concretarlo, por más bien que podamos seguir viviendo, cada uno por su lado. En 1963, cuando ella tenía 12 años yo escribí una premonitoria letra para la zamba del peruano Lucho Neves: "Muchacha Ausente", y no estaba dedicada a ninguna mujer sino simplemente inspirada por la música: "Para mí ya no hay amor, porque todo te lo di, quiero olvidarte, pero no puedo, ventanas del anochecer…".

Y vuelvo a su breve y tierno billete… no habrá ventanas del anochecer que me roben su cielo, pero tampoco ningún amanecer sin ella. Será la oscura dignidad de la noche, la suave tristeza de la tarde, será la vida tal vez bien vivida, pero el amanecer, el amor, sólo podrá darse con Florencia.

Marzo de 1978

- 7/3. Eustaquio Tolosa, dirigente portuario (SUPA), es hallado muerto a balazos en su despacho.
- 15/3. Motín en la cárcel de Villa Devoto en el que se registran 70 muertos.
- 16/3. Aldo Moro, dirigente de la Democracia Cristiana y ex primer ministro de Italia, es secuestrado en Roma por las Brigadas Rojas.
- 17/3. Estados Unidos: el Senado ratifica el primero de dos tratados sobre el Canal de Panamá, lo que para Carter significa una importante victoria en política exterior.

Sin embargo, estoy bien. Me gustaría que Florencia me viese así, aquí, en mi ciudad. Además, la deseo enormemente. Y aunque se molestara, le diría que extraño sus senos, su sexo cálido y húmedo, la dulzura de su rostro y de su voz cuando llegamos juntos. Ella prefiere que digamos "llegar" y no "acabar". Me parece más válido.

El día jueves, antes de partir, cuando le envié flores, dejé encargadas para el viernes otro ramo, dándole las gracias por todo y pidiéndole también disculpas por mis broncas vinculadas a sus dudas... ¿las habrá recibido?

Para mí, las cartas son como una conversación a espacio y tiempo, pero deben ser contestadas. Por lo menos hay que acusar recibo de ellas. A Florencia le cuesta escribir. Pero la falta de respuesta a las cartas implica un modo de destrato a quien escribe, hasta una suerte de mala educación, casi tanta como tirar el teléfono. Tirar el teléfono es una expresión que ella usó cuando yo me enojé durante alguna conversación telefónica y corté directamente la comunicación (o sea que "le tiré el teléfono"). Parece ser un modismo venezolano.

Eso ya se lo he dicho en varias cartas. Y no creo que le resulte demasiado gravoso o pesado avisarme al menos que recibió mis envíos o cartas o lo que sea.

Ayer estuve con Eduardo Mc, que es amigo y un excelente pintor argentino que viene exponiendo bastante en Caracas. De acuerdo a los encargos de Florencia le entregué un cheque y acrílicos. Quedó muy agradecido por todo, y en cuanto al tema de unas cortinas que le pidió ella que le comprara en Buenos Aires, no aceptó ningún pago. Estaba feliz por nuestra relación y en cuanto supo de sus dudas, es imposible reproducir sus puteadas...

También ayer, se reunió el Comité Directivo de Flacso desde las 11 hasta las 13 para escuchar mi informe *in voce* sobre la "Misión Caracas". Luego entregué el informe por escrito y respondí preguntas. Me pidieron que retirara mi ofrecimiento de renuncia, presentada porque entendí que no había logrado todos los objetivos deseados, sobre todo por mi pedido anterior de permanecer en Caracas un par de meses, que finalmente desechara dado el cambio producido en Florencia sobre nuestra relación. Porque no podía bancarme una estadía de dos meses en Caracas en esa situación. El caso es que me ratificaron toda confianza. Para demostrarlo se me encomendaron varias misiones: una aquí y otra breve en Santiago, muy inmediatas. Para mayo, una semana en Panamá y para fines de junio preparar la reunión del próximo Consejo Superior que se hará en Costa Rica. Vale decir que si acepto el plan Flacso tomaré 20 días de vacaciones en junio en Europa o Nueva York, o diez y diez, y para el 20 estaría en Costa Rica. Así las cosas, como el 25 de junio es el cumpleaños de Florencia, me gustaría saber dónde estará para llamarla desde el Hotel Cariari de Costa Rica, con la remotísima esperanza de que yo pueda viajar por un día a Caracas para entregarle algún regalo personalmente y compartir un trago o una comida en su día. Flor de pretensión la mía.

Mi estado de ánimo en lo personal-profesional sigue siendo muy bueno. Veremos si responde.

El lunes, o sea ayer, entre las diez y las once de la noche tuve una sesión especial con mi segunda y última analista. Dice que le expliqué mi fuerte depresión a raíz del paso atrás de Florencia, como un profesional sobre un paciente. Afirma que cualquiera puede hacer un cuadro psicótico en situaciones muy especialmente regresivas… el problema es salir de ellas pronto y en buenas condiciones. Cree que lo he logrado bien. Me preguntó si para ello había necesitado destruir la imagen de Florencia. Le dije que no y se manifestó algo sorprendida.

Lo reubiqué a mi primer analista, que se alegró mucho de mi llamado, y lo veré mañana. Qué lástima que no estuve, en Caracas, como estoy ahora aquí, desde el día en que llegué con la idea de permanecer dos meses. Le hubiera evitado a Florencia malos momentos con mis reproches…

Hoy le remití vía nuestro embajador que viaja a Caracas las cintas de grabación de un concierto del bandeononista Barletta. Y le pedí especial cuidado por su conservación. Son las que tengo desde que le organicé una presentación en el Banco Interamericano de Desarrollo (BID), en virtud de mis actividades en nuestra embajada en Washington DC (1967).

Mi amiga Silvia, dueña de dos *boutiques* aquí famosas, y representante de Brigitte Bardot, vende una de ellas (ya la vendió pero la entrega el 20 de abril) y como tiene 40.000 dólares en mercaderías de primerísima calidad, liquidará todo con un 40 por ciento de descuento y acepta *Diners*. Por eso le escribí a Florencia invitándola a venir a Buenos Aires para aprovechar semejante oferta, comprar buena mercadería que podría luego revender parte de ella en Caracas (como turquita) a sus amigas. Si no acepta, su jefe, mi amigo, le dirá "¡qué bolas!". Yo no le digo nada, salvo que es una pena que se prive de disfrutar conmigo de Buenos Aires, Villa Gessell, Mar del Plata, etc. Y el verme realmente le hará bien: de lo que me pierdo yo, ni le cuento.

El viernes creo que podré tener el testimonio de mi separación legal en México. Cuando ello ocurra le enviaré copia para que al menos, si no le interesa desde otro punto de vista, se quede tranquila en cuanto a que a su familia no le mintió. También, por si las moscas.

Acabo de obtener el resultado de los tests. Creo que será muy obvio para ella que no he tenido ninguna intervención más que la simple entrega del material. Otra cosa sería estúpida e indigna, pero las coincidencias son tan grandes que se me hace necesario prevenirla. Sólo me resta darle mi palabra de honor en el sentido de que la persona que ha hecho el trabajo ignora quién es ella y su relación conmigo o alguna otra persona. La semana próxima tendré el resultado grafológico.

Según el resultado, el primer dibujo fue el más válido y se lo transcribo por carta: la persona mantiene una comunicación mental, intelectual, psíquica, con un hombre que carece de solidez. Ella tiene muchas capas, como la cebolla. Una gran fijación. Allí cristaliza la relación con un amor perdido, con un amor viejo, ya más ubicado en el plano mental y psíquico que en el vital o sensual. La fijación repercute formando capas. Este símbolo de cubrirse o bloquearse se repite mucho. Se encierra en lo Apolíneo y desecha lo Dionisíaco.

CÓMO VE A ESE HOMBRE: le asigna a él sus propias fijaciones, y por eso que le asigna, la une a él. La unión por las fijaciones es una unión negativa. La relación de pareja está cortada, solo hay algo así como un largo discurso-discusión, sobre lo vivido y lo pasado y las culpas. Lo emotivo está cortado. Es como un planteo intelectual energéticamente negativo entre mente y mente. Hay aspectos de gran agresión. Se buscan justificaciones relacionadas con el bien y el mal. Pero poco pueden agregar ya ni arreglar. Las cargas temáticas han agotado ya el discurso. Es un viejo desván donde no cabe ya nada más.

En medio de esa noche de su planteo vital, rígido, geométrico, clásico, Apolíneo, nace –en la parte izquierda del cuadro– una hoja en el plano de la Luna. Es como si hubiera la posibilidad de algo nuevo, no gastado más fresco, más natural. La mujer está agobiada por el mundo exterior y constreñida por su propio mundo interior.

SEGUNDO DIBUJO: aquí ella ve a un hombre sólido con caminos de comunicación no del todo "asfaltados". No se anima a transitarlos para llegar a la unión. La cosa es dura porque ella se niega a si misma esa posibilidad. Implica una tremenda dificultad de real comunicación por una actitud regresiva y narcisista.

ÚLTIMO DIBUJO [lo hizo en el del aeropuerto]: cambio total de estado de ánimo: casi antinarcisístico, quiere unirse al pequeño cosmos de la tierra y cielo y al hombre (este último está indefinido). Muestra más una tendencia a poder elevarse en sensibilidad e intelectualidad. Pero este estado de ánimo puede ser precario. Ella está inasible e imprevisible. Es textual.

El procedimiento era el siguiente: se trataba de colocar en distintas hojas, totalmente en blanco, el dibujo que ella quisiera. De eso sale toda la información, pero claro está que quien analiza dichos dibujos es además de grafólogo, un excelente y reconocido vidente.

Transcribo los diálogos de mi sesión psicoanalítica con mi analista

YO: No era necesaria la destrucción de su imagen.

A: Pero era un recurso...

YO: Parece ser que no lo necesité.

A: Pero estuviste muy pero muy mal... ¿te diste cuenta?

YO: Sí... tuve hasta miedo de mí.

A: De todos modos parece ser que todo el trabajo psicoanalítico anterior y todo tu trabajo de autoanálisis sirvió, finalmente sirvió, pero me extraña que todavía mantengas una buena imagen de ella, ya que por la descripción está en una etapa muy regresiva, y para el caso, es como si estuvieras enamorado de una chica de 12 años, más o menos.

YO: Cuando yo tenía 35 ella tenía 12. Entonces no me hubiese enamorado de ella. Yo me enamoré de una mujer de 26, adulta, con inteligencia superior a la normal, con cuerpo de mujer y con fisiología de mujer, además de una sensibilidad y una calidez humana extraordinarias... Que tenga el problema que tiene, y su estado de confusión y regresión, etc... es como si estuviese paralítica... la seguiría queriendo.

A: Pero querés algo que no funciona, algo imposible, una ilusión.

YO: Quise algo real, no una ilusión. Cambió su realidad, pero creo que también esta nueva realidad es precaria y enfermiza y que terminará. Luego se verá qué pasa. No se va a quedar en esto toda la vida... quizá, cuando se le pase tampoco sea para mí pero de todos modos...

A: Pero es que ella no hace nada para que se le pase. Ni se trata.

YO: No todo el mundo cree en el psicoanálisis. Pero es tan irrazonable su situación, que lógicamente la realidad la va a golpear tanto que el *shock* que va a recibir la hará reaccionar.

A: No es imposible pero tampoco lo veo tan probable... puede pasarse años en la misma situación.

YO: No creo ya que pueda pasarse mucho más que un par de meses. Es todo muy absurdo, muy obviamente absurdo, muy evidentemente absurdo...

A: Sí, tal vez para vos, pero no para ella.

YO: Es verdad.

A: Y en esta situación ella no es una mujer para ser amada.

YO: Es como si me dijeras que porque un campeón mundial de box tiene una fractura, nunca más va a volver al ring...

A: Todo depende del grado de deterioro...

YO: Que por mucho que sea, no lo conocemos ni vos ni yo, de acuerdo, pero creo que aunque en este caso es grande, se va a reponer. Tiene demasiadas cosas de mujer sana y vital como para quedarse en lo que está.

A: Pero vos no sos un tipo que pueda esperar nada, nunca esperás. Sos capaz de dar en cualquier plano sin hacer cuentas y sin pedir, pero aun así es como si llevaras un anotador especial y automático que hace que tanto la gente como las instituciones que no te responden a lo que les das, las dejás caer con la más absoluta indiferencia o se ganan tu bronca verbal o escrita o la que sea, y ¡sálvese quien pueda!

YO: Yo he dado cosas sin esperar retribución personal...

A: Ya sé, no me refiero a esas, pero aun así, cuando vos has ayudado a la gente es porque creés en ella, ya sea publicándoles cosas o lo que fuere. Y si la gente no responde ante sí misma o no da lo que esperabas de ella, la dejás atrás...

YO: ¿Y qué puedo hacer?

A: Por supuesto, nada, pero me refiero a que en un caso donde ponés lo que nunca pusiste, esperando además, no sólo que se realizara sino todo lo que vos personalmente esperabas de ella para vos mismo, la cosa va a ser peor... y te va a ir entrando una bronca que ya tendrías contra cualquier mujer, incluso si eso le hubiese pasado a un amigo tuyo y te contara una situación igual. En tu caso, por pudor, o por no sentirte pequeño y miserable, no te podés permitir destruir su imagen, y te las arreglaste para salir del paso solo, pero en todo caso, la irás borrando de tu vida y te entrará una indiferencia total por ella. Te va a resultar como inexistente, precisamente por todo lo que diste y que no supo recibir ni retribuir.

YO: ¿Por qué creés eso? Yo la amo profundamente a pesar de todo.

A: No te lo niego, pero la vas a dejar de amar. Sos demasiado vital para quedarte atado a un ser que no te da nada.

YO: Me dio lo que pudo darme en cada circunstancia.

A: Pero a vos, lo que te ha dado últimamente no te alcanza ni para empezar.

YO: Es verdad, pero ella está muy mal.

A: De acuerdo. Sólo digo que vos no las vas a esperar mucho tiempo.

YO: ¿Sos psicoanalista o adivina?

A: No te hagás el vivo. No vas a jugar solo al amor. Todas tus relaciones son directas y válidas de ida y vuelta, con todo. En la amistad, en lo que sea. Lográs una comunicación recíproca... Querés, te quieren. No querés, no te quieren. No vas a aceptar querer y que no te quieran. No estás acostumbrado a la falta de interlocución, a la falta de respuesta.

YO: Puede ser.

A: Pero además, vas a destruir su imagen. No necesitaste hacerlo para salir de la crisis, pero lo vas a hacer más tarde. La vas a cristalizar en su regresión, en su bloqueo, en la ilusión que te dio y que te quitó. No la vas a odiar pero la vas a descalificar para que te resulte totalmente indiferente. Porque vos no aceptás que la gente o las instituciones, o los países, no den lo más alto de sí, lo mejor de sí. Lo aceptás, pero entonces que se vayan a la mierda con todas sus limitaciones. Es como un sentido de la justicia que tenés, que termina siendo más fuerte que tu sentido del amor o de comprensión.

…es más largo, pero estoy cansado de transcribir. Termina esta parte diciendo ella: lo más importante es que vos estás bien, a pesar de todo lo que pasó. Estás entero.

Por mi parte, no creo en vaticinios que no provengan de videntes o de vates, que al menos tengan la calidad o cualidad de Mr Luck, a quien conocí justamente el día que el Presidente Frondizi fue derrocado y llevado a Martín García. Un amigo me había fijado el encuentro con el famoso vidente treinta días antes. Lo recibí a mediodía mientras había pasado la noche en vela en la Quinta de Olivos. El lugar era uno de los que llamábamos "bulines del desarrollo" que usábamos para nuestros encuentros políticos para despistar a la SIDE (Servicios de Inteligencia del Estado), porque siendo gobierno teníamos que actuar como conspiradores. Bueno, Mr. Luck, que no tenía la menor idea de quién era yo, me dijo de entrada: "Usted acaba de perder contacto con un hombre que era muy importante en su vida". Claro está, yo llevaba dos años trabajando con el Presidente, por las mañanas en Olivos y luego en la Casa de Gobierno, mientras era un joven secretario de Embajada adscripto a la Presidencia.

Mañana, si tengo ganas, sigo….

Sigo transcribiendo la cinta

YO: Es que me duele mucho ver a la gente por debajo de sí misma, ver a mi país en un pozo profundo cuando tendría que estar en lo alto y así todo. Conmigo soy también exigente...

A: Ya lo sé, pero volvamos un poco atrás. Quiero decirte que podrás haber sublimado toda la bronca a través de este amor que sentís, pero analizá las cosas fríamente y tenés que ver que entraste como una flecha disparada a toda velocidad y te cambiaron de pronto el blanco. Te perjudicaste laboralmente porque conseguiste que Flacso te destinara por dos o tres meses a Caracas ya que creías que tu romance seguiría sin dificultad, pero en esas condiciones no te bancabas Caracas y tuviste que volver aunque luego lograste arreglar todo en Flacso ofreciendo una renuncia que por suerte no te aceptaron. También te perjudicaste económicamente en el trámite de la separación porque cediste lo que no hubieras cedido para evitarte problemas y poder casarte, te sentiste usado para reparar culpas, y en realidad fuiste usado aún con buena fe... te desesperaste, tiraste tu orgullo por la ventana... Y sos un ser angelical que sigue amando a la causante de toda esta historia.

YO: Pará un poquito. Ya sabemos todo lo que pasó. Ya sé todo lo que me perjudiqué, sobre todo sé lo que me perjudicó esto en el plano de la expectativa emocional, más que en los daños materiales... estos me importan un carajo. Pero de cualquier modo no hubo la intención de causarme ningún daño y todo se desarrolló prácticamente en un instante. No es la acumulación de la bronca de años de daños y de agravios...

A: Está bien. Es así como decís, pero de cualquier modo, yo te anticipo que creo que de todas maneras, a medida que el amor se vaya evaporando por la falta de respuesta, todos esos perjuicios van a volver a aflorar como sentimientos negativos contra vos por lo que perdiste y contra ella por lo que te hizo perder, y la vas a empezar a odiar o la vas a borrar de una manera total. Vas a necesitar declararla inexistente....

No sigo más con la cinta porque me jode.

Carta de Florencia

...Después de una intensa búsqueda que se prolongó hasta el lunes, conseguí la cinta con los poemas (estaban perdidos en mi cama). Te escribo desde la oficina, que ha llegado a convertirse en el caos total; aún no he podido lograr que terminen con los trabajos. Sabrás que mandé un memo a tu amigo (te lo anexo)....

Tarde: recibí tu carta (fíjate bien que comencé a escribirte antes de encontrarme con tus líneas). Sobre las flores, puedes leer el papelito verde con mi mensaje, que también te anexo y que había preparado hace unos días para enviártelo.

En la noche fui a visitar a Gladys, la abogada tan amiga de toda la familia, pues se cayó desde un primer piso (muérete). Te lo coloco entre paréntesis para marcarte un modismo venezolano... tú dirías "agárrate". Afortunadamente no se quebró huesos, pero te imaginarás que no puede mover ni un dedo.

Como te habrás dado cuenta, esta carta la he hecho en dos etapas y de forma incoherente: pero tú me conoces bien y también posees cierta dosis de delirio...

Estoy terminando de leer La condición humana, de tu admirado André Malraux. Creo que a partir de este libro voy a tener que comprar algunos sobre China moderna, pues se me ha despertado otra vez la curiosidad. Lo que me tiene preocupada es que no encuentro el libro de poemas.

La otra noche subrayé bastantes cositas de Voces, y de repente se me ocurre (para no quedarme atrás), que podría grabarte algunas cosas de este libro y lo que marqué de tu libro de Aforismos, que me gustan tanto como los de Porchia.

Toda esta semana la he pasado sin carro, pues lo mandé a reparar. Espero tenerlo hoy.

Dile a Eduardo que su amigo Rogelio Polesello viaja a New York el próximo lunes y que le di su libreta del First.

Quiero que sepas que estoy harta. Mi trabajo se ha convertido en preparar cables e informes sobre "boludeces", como dicen ustedes los argentinos. Ej: el consejero nuevo me pide que elabore un comunicado de prensa, informando que la Universidad Católica cumplió no sé cuántos años y que se hizo una misa con la asistencia de fulano y mengano. ¿Puedes creer? Por otra parte, sin Wilma, mi querida compañera, debo estar corriendo todo el día escaleras arriba para escuchar cosas estúpidas, ver caras de culo y enfrentarme a situaciones surrealistas.

Te pido un favor: si por casualidad tienes la forma de conseguir las direcciones de Raquel Forner, Fermín Eguía, Damián Ballone y Hugo Monzón. Estos datos me los pide el Museo de Bellas Artes para la celebración de sus 40 años (están invitando a un gentío y les faltan estos datos). Te mando unos recortes de la hija de los Tiempo, que tocó el jueves en el Teatro Municipal. De repente pueden interesarte (es argentina).

Cuando recupere un poco de tranquilidad y coherencia, te escribiré.

Un beso, F

Tengo que enviarle a Florencia esto

Es inútil enfrentar al paciente con cualquier conflicto importante mientras siga decidido a seguir sus fantasmas que significan para él su salvación. Primero tiene que ver que sus fines son fútiles y estorban su vida. En términos altamente condensados, las tentativas de solución deben ser analizadas antes que los conflictos. No quiero dar a entender que deba evitarse asiduamente la mención de los conflictos. Lo prudente de la mención depende de lo quebradizo de la estructura neurótica. Algunos pacientes se ven invadidos por el pánico si se les indican sus conflictos prematuramente. Para otros carecen de significado, y se les deslizan sin hacerles impresión. Pero, lógicamente, no se puede esperar que el paciente tenga un interés vital en sus conflictos mientras se aferre a sus soluciones particulares e inconscientemente espere "salir del paso" con ellos (Karen Horney, *Nuestros conflictos interiores*, Editorial Psique, 1971, p. 217).

En vista de que todo neurótico se ve impulsado a mantener el *status quo* se necesita un poderoso incentivo para contrarrestar las fuerzas retardatarias. Sin embargo, tal incentivo sólo puede proceder de deseo de la libertad interior de felicidad y desarrollo, y de conocimiento de que cualquier dificultad neurótica constituye un obstáculo para su realización (*Idem*, p. 227).

Son las 8 de la noche. Terminé de leer el libro de Karen Horney y le envié a Florencia las transcripciones anteriores. Estoy solo. La madre de los chicos está en Europa y yo puedo mientras tanto seguir en el departamento. Los chicos salieron. Aunque anímicamente estoy bien y mal físicamente. Hoy se cumplen cuatro meses desde el día del Holiday Inn, es decir, cuando tuvimos con Florencia nuestra primera relación carnal. Parece que somatizo: dolor de cabeza, de estómago, de todo. 38 grados de temperatura. Hoy recuerdo una frase de Florencia, tal vez porque es 11: la felicidad dura poco, después, la soledad. Estoy solo en mi propia ciudad, pero aquí, con el teléfono al menos podría solucionarlo pronto, pero no tengo ganas de ver a nadie, sobre todo porque no me siento bien. Esta noche estaba invitado para ver a Manuela Vargas y mañana para salir a navegar. No estoy en condiciones de hacer ni una ni otra cosa: haré dieta y seguiré bajando de peso, con la "alarma" de los que me dicen: ¡Qué delgado estás! ¿Qué te pasa? Ya sé que a Florencia le da pereza ir al cine, pero hoy, el cine, es de pronto el arte más estéticamente vinculado a lo vital, a lo existencial. Vi un film de Goretta: La Dentellière, que significaría "la bordadora", aunque aquí se llama Amantes. Es tan maravilloso. Trabaja Isabelle Hupert. Cómo me hubiera gustado verlo con ella. Es una pena que no lo vea. Pensé de pronto llamarla esta noche por teléfono, porque desde aquí decirle que estaba enfermo no podía ser considerarlo un chantaje, como en Caracas. Pero si me aguanté aquel miércoles en Caracas, por qué no me iba a aguantar aquí.

Simplemente no quería molestarla. Ahora leo a pesar del dolor de cabeza *La pérdida del Reino* de José Bianco y cita un poema de Machado:

Y si la vida es corta
y no llega la mar a tu galera,
aguarda sin partir y siempre espera
que el arte es largo y, además,
no importa.

Después del mal sábado y domingo volví a Flacso, aún con temperatura porque tengo mucho que hacer. Tal vez viaje a Chile con mi jefe y amigo pasado mañana por dos días y hay que preparar muchas cosas. Además charlé con mi primer analista, a quién hacía tiempo que no veía. Lo encontré muy bien aunque tuvo un ataque cardíaco bravo, pese a su juventud, que lo dejó algo frágil. Recuerda con afecto al padre de Florencia, Gustavo, cardiólogo, con quien estuvo durante una residencia suya como médico en Venezuela. No se asombró mucho de la separación de Gustavo y la madre de Florencia… A Florencia la recuerda muy chiquita. En cuanto a mí, me encontró bien, pero después de todo el relato me pidió hiciera una experiencia reinterpretativa a la luz de una nueva escuela de la cual él participa desde afuera, pues es muy moderna y le rompe un poco los esquemas. De cualquier modo la considera óptima y por mi formación intelectual me aseguró que me vendría bien una confrontación de ideas e interpretaciones con sus conductores. Me indicó, no al jefe máximo sino a un discípulo, el mejor de ellos, que además es amigo de él. Insiste porque entiende que yo estoy bien psicoanalizado en términos del psicoanálisis ortodoxo, pero no está satisfecho por este terremoto psicológico que sufrí en Caracas, aunque haya logrado zafarme del derrumbe total dado los buenos elementos antisísmicos que yo tenía armados. Él no se imagina a la Florencia actual, con cuerpo de mujer, maneras de mujer, con 26 años, con la posibilidad de ser el amor de un

hombre, esposa, madre, etc. La imagina por dentro pequeñita con sus fantasmas y regresiones. No sabe que de pronto
se comporta como mujer y uno le cree, y cuando le da miedo
y se vuelve adolescente, uno puede derrumbarse. Le daré el
gusto, dado que no pierdo nada. También se asombró de que
yo no haya destruido su imagen. Ni escribiendo los poemas
logro transformarla en un hecho meramente literario. No sé
realmente de qué modo se me podrá pasar este amor... Pero
este es un problema mío y no de ella. Hoy a las 19 lo veo al
héroe de mi analista: por eso también me levanté. Sigo con
algo de temperatura, pero los días próximos al otoño son
tan lindos en Buenos Aires, todo el otoño es lindo en Buenos Aires, la mejor estación. También quería despacharle a
Florencia unas notas y líneas que le hice el sábado y además
necesitaba comer algo y tenía la heladera vacía. Para colmo,
la persona de servicio no vino hoy no sé por qué y mis hijos
andan tan sueltos que poco los veo.

No creo que por el momento sea conveniente que le
haga llegar a Florencia las transcripciones de la cinta grabada durante mi sesión con mi ex analista.

Carta de Florencia del 14 de marzo

*La ciudad parece un horno, sin nubes y ese sol fuerte que te agota
poco a poco. Yo estoy bien, luchando con mi peso y tratando de
superar la "embolia" crónica que tengo con mis nuevas actividades.
Las notas que manda el consejero nuevo son como para escribir una
antología del disparate; ¿cómo se puede perder el tiempo pensando
en tantas estupideces? Prefiero pasar las horas recorriendo lugares
imaginarios (que siempre son más divertidos) que preparar correspondencia que a nadie le interesa (a nadie puede interesarle, estoy
segura). Tu amigo el embajador me saludó hoy muy cariñosamente
(teníamos tiempo sin vernos), hizo la pregunta de rigor y le conté que
tú quieres que yo vaya a Buenos Aires "para convencerme allá".
Tengo carro otra vez. Esta tarde le ofrecemos una "despedida de
soltera" a mi prima María Josefina, en mi casa, el matrimonio es
el sábado en casa de Miguel Angel Burelli (el de la Simón Bolivar*

– Comisión de Estudios para América Latina) y aprovecharé para conversar con él; un poco de tu gestión y otro poco alguna posibilidad para mi amiga María Parra, como investigadora.

¿Cómo andan tus cosas? Cruzo los dedos para que puedas resolverlo bien. ¿Tu problema familiar?

No sé si te conté que mi tía Ana Hilda estaba planeando ir a Buenos Aires con Luis y conmigo, pero el problema es que únicamente puede viajar en Semana Santa y es difícil conseguir vuelo para esa fecha. Como te conté alguna vez ya he viajado con ellos a Europa y a Nueva York. Luis sigue haciendo periodismo y sigue bien de cerca la política venezolana.

...Acabo de recibir tu carta del día 8. Definitivamente tenemos transmisión de pensamiento (ya había ocurrido con mi carta anterior). Leí atentamente todo lo que dices del test, aunque me hubiera gustado que fotocopiaras el primer dibujo que hice.

Terminé de leer La Condición Humana hace unos días y ya comencé Contrapunto, de tu otro admirado: Huxley. Conseguí el libro de poemas.

Te recuerdo siempre, F

Fechada el 15 de marzo y recibida el 30

Te escribo en papel de stencil (reminiscencia de mi época de profesora), pues no conseguí otro papel –increíble, en esta casa. Recibí los recortes con los vestidos y por supuesto recordé tu carta con las noticias de los saldos.

Aunque tú sabes que no creo en el psicoanálisis (simplemente porque lo considero etapa superada en ese campo), me alegra saber que estés bien; sobre todo me tranquiliza mucho tu cambio de actitud con respecto a un montón de cosas, incluido el tema trabajo. Son las 8:30 pm y estoy muerta, pues tuve un día supermovido: salí a las 7:45 am de Los Geranios y llegué a la oficina una hora después; allí me esperaba el carpintero para terminar el trabajo de la biblioteca, y yo aproveché para organizar el nuevo depósito de obras de arte (siempre creyéndome Hércules). Para variar, se me cayó un tablón encima y tengo una pierna prácticamente inutilizada; el golpe fue horrendo, creo que hubiera llorado si no me hubiese dolido tanto (no tenía fuerzas sino para aguantar). En fin, ojalá mañana pueda manejar. Te sigo contando: Haydée me invitó a almorzar con otras *amigas y después me llevó al Paseo Las Mercedes (donde está El Romanaccio, que te gustó tanto), pues yo tenía que comprar un regalo que debía enviar mi papá para una fiesta elegantísima que hay mañana, y a la que todavía no sé si iré (depende de mi pierna y si tengo ganas). Pues estuve en el Paseo desde las 4 hasta las 7:30 pm metida de cabeza en todas las tiendas y en un rapto de locura me compré un vestido de noche tan bello que no se puede creer... definitivamente la ropa francesa es mi buen remedio para olvidar accidentes de trabajo.*

Sigo leyendo Contrapunto, pero no al ritmo que quisiera ya que esta semana ha traído complicaciones de tiempo. De todas formas, cuando lo termine quiero buscar algún libro sobre China (te lo comentaba en otra carta). De repente vuelvo a sentir ganas enormes por temas históricos (se me ocurren las cosas más raras). Sí, las cartas se contestan: ésta es una demostración.

Un beso, F

Bolivia adhirió a la Flacso. Yo empecé esta negociación en febrero de 1977 y la seguí yendo tres veces a La Paz, escribiendo y hablando por teléfono. ¡Ayer llegó el Decreto del Gobierno!

Esto cubre un poco mi fracaso en Caracas, que sigue sin adherir.

Transcribo en mi Diario reflexiones para una posible carta que, como la transcripción parcial de la cinta grabada durante mi sesión con mi analista, no sé si le llegaré un día a enviar. Porque temo que le hagan mal, sobre todo, si no estoy a su lado para aclararle lo que haya que aclarar. En fin, no sé. Nunca se sabe nada o casi nada, sobre el bien y el mal, pero yo siempre temo dañarla. Después de recopilar en estos breves días la charla con mi analista y el recomendado por mi primer analista, este último, de la nueva escuela y modalidad, es decir, tres experimentados analistas de distintas escuelas o modalidades, todos han coincidido en algo que alguna vez yo le dije a Florencia en una cinta y en una conversación, y que por supuesto a ella le pareció un disparate. Puede que de todos modos sea un disparate, porque ellos sólo la conocen a través de mi versión, pero la cosa es así. Todos se asombran un poco de que yo no haya destruido su imagen, más bien, de que no la haya integrado con sus elementos negativos, que habría sido un modo de equilibrar la imagen totalmente favorable o de pronto anularla. ¿Qué es lo negativo en Florencia para todos ellos? Pues bien, todos creen que para ella el matrimonio es tabú, ignorando por supuesto los componentes de ese tabú porque para ello tendrían que analizarla directamente, pero de todos modos insisten en que una mujer que se pasa varios años de novia en un medio casamentero, sin problemas de familias, ni sociales ni de dinero, que puedan impedir el casamiento, y no se casa, sin razones realmente válidas o de inmadureces mutuas... En fin, es un matete... Y cuando aparezco yo, puede comenzar conmigo porque el "peligro" de concretar un casamiento es remoto y ella podía fantasear con el casamiento, ya que nuestra próxima separación de casi dos meses, con su viaje a Oriente y el mío a Buenos Aires y mucho por hacer, le permitía amarme libre y locamente a la distancia. Pero cuando se acorta el tiempo y yo llego con todo casi listo y hasta fecha, le da el pánico en forma de "interferencia", en forma de vuelta mental al personaje del noviazgo anterior, con quien ya sabe que no se va a casar. Porque esa relación ya está destruida. ¿Por qué no podría casarse se preguntan mis amigos analistas? Ellos no saben pero apuntan que obviamente pueda haber una fijación de Florencia con su madre, o con sus problemas y la separación con su padre. Con su triste destino actual. ¿O sentiría que casarse conmigo sería identificarse con la nueva mujer de su padre? (todo esto puede sonar muy mal, y ya se lo expliqué en los párrafos de Karen Horney que le envié, que no sé si le cayeron mal o le rebotaron por parecerle absurdos). Y también hay otras identificaciones posibles en la familia, sus hermanas: la que la sigue en edad no se casa, la siguiente tampoco, la menor está muy jovencita para casarse, Bibi que se casó muy jovencita y entonces se perdió para la familia. La abuela Pina que ya enviudó hace muchos años y está sola, su tía Ana Hilda que está en pareja pero que no se pudo casar, otra hermana de su madre, igual, etc. Y sobre todo también porque casarse es perderse para la familia. Y mucho más si se casa con alguien que la saca de Venezuela. Y a Florencia le daría horror perder esos hábitos familiares de las dos casas y dejar de ocuparse todo el tiempo de todos. Por eso yo le ofrecía incluso vivir en Caracas, porque presentía que aunque dijera que no le importaba vivir en Buenos Aires, todo eso era una linda fantasía, pero cuando llegó prácticamente el momento, a pesar de todos sus cálculos de venta del coche y rentas, se echó atrás. Sí, ya sé, "interfirió" de nuevo el personaje. Pero ese es el pretexto para huir de la posibilidad de casarse, de crecer, de madurar realmente, lo cual no significa perder a la familia sino ganar otras cosas. Dejar de ser adolescente y comenzar a ser adulta, etc. Entonces, los analistas me apuntan que si bien yo no pensaba, cuando la conocí, casarme —aunque sí divorciarme—, cuando elegí casarme lo hice mal. Claro está que yo no sabía de su posibilidad de cambio hasta el 9 o 10 de enero, o algo más. Pero ahora, dicen, como ya lo conozco, no puedo pensar en Florencia como una mujer apta para el casamiento. Y afirman que lo peor que pude hacer para intentar conservar nuestra relación, fue apabullarla con la seguridad de nuestro casamiento. Eso la ahogó. Nada menos que a ella, que decía que se había sentido ya como casada en la otra relación y hablaba en familia de la madre del personaje, como si ya fuera su suegra. Tanto así que cuando comenzó a salir conmigo le parecía que le estaba siendo infiel al personaje, como si hubiese estado casada con él, no obstante haber ya cortado la relación. En fin.

Me queda la duda de llegar a transmitirle por carta todo esto, pero si no lo hiciera ¿quién la va A ayudar a aclarar su vida si ella misma no hace nada por ello?

Carta de Florencia, fechada el 17 de marzo

La portadora es una venezolana que conocí en la oficina; fue seleccionada por el gobierno para estudiar en Argentina. Es superencantadora y se ofreció a llevar estas líneas para ti. Por supuesto, te escribo toda apurada, pues está esperando por la carta para irse. Acá todo está bien, trabajando bastante. Si vieras qué linda va quedando toda la modificación que se hizo en el Departamento Cultural; ahora me dedicaré a revisar y organizar la biblioteca (me gusta más que preparar notas idiotas). Te envío otro recorte sobre Karin Lechner, la pianista hija de Lyl Tiempo de su matrimonio anterior a su casamiento con Martín Tiempo, tu ex colega e hijo de tu amigo el escritor César Tiempo. Mis hermanas te mandan saludos. Lyl es hija de Antonio de Raco y es una gran profesora de piano especialista en niños. Creo que todo esto lo sabes.

Recibí tu carta del 11, que me dejó triste. Por favor cuídate y diviértete. No te encierres con el señor del chiste que me mandaste (llegarías a convertirte en un escritor de tangos).

La semana próxima te enviaré una carta más larga, con los últimos chismes.

Te recuerdo con el afecto de siempre, F

Si puedes orientar a Iris (la portadora) te quedaré muy agradecida.

Abril de 1978

- 7/4. Eduardo Blasco, de 35 años, fotógrafo de Associated Press, es asesinado en San Telmo por un policía borracho.
- 18/4. Se inaugura el complejo hidroeléctrico de Futaleufú en la provincia de Chubut.
- 23/4. El gobierno clausura *Crónica* y *La Opinión* por tres días por informar sobre discrepancias en las fuerzas armadas.
- 27/4. Afganistán: en la víspera del sábado musulmán se produce un golpe comunista. El presidente Muhammad Daud es asesinado con toda su familia. El golpe,

apoyado por Moscú, no encuentra resistencia. Muhammad Taraki, secretario general del Partido Democrático, se convierte en el primer presidente marxista de Afganistán.

Le escribo a un amigo político

Estimado amigo

Tuve que hacer un imprevisto y nuevo viaje a Caracas el día 5 de este mes, y a mi vuelta, el viernes 19, me encontré con su última carta. De acuerdo a sus indicaciones volví a ver a su amigo en el Diario el sábado 20 (de paso le entregué un material periodístico que le traía de Caracas). Le ofrecí cubrir la reunión sobre Desarme que tendrá lugar entre el 22 de mayo y el 28 de junio en Nueva York, ya que las misma será coordinada por el actual embajador ante la ONU, padrino de mi hijo menor y amigo personal desde hace más de veinte años, lo cual facilitaría mucho mi tarea de información. También le propuse cubrir la Asamblea General a partir de fines de agosto o principios de septiembre, todo ello con miras a ir recreando la idea de la corresponsalía permanente en Nueva York. El amigo aceptó la posibilidad de proponerme hacia mediados de agosto como enviado especial del *El Diario* para cubrir la Asamblea General de la ONU en Nueva York. En cuanto a la reunión de Desarme, si bien coincidimos los dos en que el Mundial de fútbol monopolizará la mayor parte del interés periodístico nacional, le propongo una nueva reflexión sobre este tema, para reconsiderar la posibilidad de cubrir al menos la información y evaluación final de la reunión de Desarme (a partir del 29 de junio), sin perjuicio, claro está, de mi concurrencia a Nueva York a fines de agosto o principios de septiembre para la Asamblea General.

Le ruego muy especialmente su atención personal a estas proposiciones para que ellas resulten viables, y su indispensable apoyo para que puedan definitivamente aceptarse.

Si su amigo coincidiera con este criterio, yo partiría a Nueva York desde San José de Costa Rica donde estaría desde el 20 hasta el 29 de junio. Ya terminado el Mundial, podría ser de interés una evaluación sobre el Desarme.

Recién hoy recibí la carta de Florencia del dia 9 (13 días en llegar). ¡Es bastante incoherente! Yo soy un delirante, pero el delirio, si es coherente, puede seguirse perfectamente bien. Ella me dice que consiguió "la cinta de poemas" ¡que estaba perdida en su cama! ¿Y ella dónde duerme? Pero en realidad, se trataba de dos cintas, no de una. Y finalmente, me interesaría saber si las escuchó, no otra cosa.

Dice que recibió mi carta (supongo que la del 5), pero no alude a nada de lo que en ella le digo; así, la carta no sustituye la conversación, que es su objetivo. Si yo le hablo de una cosa y ella de otras…

Con motivo de China y *La Condición Humana*, me dice que no encuentra el libro de poemas. ¿Cuál libro de poemas, bendito sea Dios? ¿A qué juega, a que adivine todo?

La idea de enviarme una grabación es estupenda y por supuesto la espero.

Ahora está harta del trabajo allí, dentro de una semana estará encantada (es muy voluble). Decido contestarle prometiendo tratar de conseguirle las direcciones que me pidió. Y le agradezco el papelito verde (lo mejor de la carta) deseando que recupere, como ella misma dice, su tranquilidad y coherencia (¿cuándo?) para que me escriba bajo esos auspiciosos estados del espíritu.

Por mi parte, le digo que estoy de buen ánimo y que tengo una transcripción de cintas psicoanalíticas y una carta que no le he enviado, porque no creo que sea conveniente hacerlo todavía. Le cuento que por indicación de mi primer analista (el amigo de su padre) hice una confrontación de ideas (creo que ya se lo había anticipado) con alguien de una nueva escuela y que resultó fascinante (lo sigo haciendo dos veces por semana). Que he pasado de lo ideal a lo real y que pronto terminaré el libro de poemas dedicado a ella (tendrá unos 30 o más poemas) de los cuales ya tiene diez y que el resto lo recibirá cuando esté listo el libro para ser impreso. Se llamará definitivamente *Lejos más te quiero*, aludiendo a la letra del tango "Vida mía", de Osvaldo Fresedo (ella lo tiene grabado en casete).

Carta de Florencia, fechada el 22 de marzo

*Recibí: poemas (Academias, Pina, Colonia Tovar, Azul y Gris).
Bellísimos. Recibí también recortes. Los leeré esta noche. Estoy
"prestada" a la Embajada, pues hoy —miércoles Santo— me aburría
enormemente en mi oficina. Acá me aburro igual.*

*Hoy al mediodía iré a visitar al nuevo bebé de Marianella. Ayer
también comenzaron a colocar la cocina en Los Geranios. Si vuelves
alguna vez a Caracas, verás qué linda quedó.*

*Recibí también tu carta con noticias del psicoanalista amigo de
mi padre. Quiero decirte algo sobre tu breve comentario telefónico
referente a la "destrucción de imagen", ¿me puedes explicar qué
alcance tiene esa especie de cataclismo tan deseado por tus amigos
psicoanalistas? No hace falta que me odies; creo que hay otras
formas de pensar en mí.*

¿Fuiste a Chile?

*Estuvimos preocupadísimos con Luis, pues tenía un tumor en la
garganta y se pensó que podría ser maligno. Lo operaron el lunes y
afortunadamente salió muy bien. Hasta recuperó su voz.*

*Muérete que Bobby está enamorado... ¡de otro perro! Casi que
nos dio un ataque, pues lo vimos pasar el otro día por la calle
con el brazo (la pata dirías tú) pasado sobre el otro (rarísimo), y
descubrimos que era de sexo masculino. Lo que nos faltaba. Otra
cosa: tienes que poner un poquito de carácter en tus relaciones con la
mucama, por lo menos para que te haga las compras. Prepara una
lista y controla la despensa (azúcar, leche, huevos, pan, mantequilla,
gelatina, café, fiambres, queso, como alimentos fundamentales para
sobrevivir). Y hablando de comida, te ruego que comas más, pues tus
amigos pensarán que yo soy una especie de monstruo. Tus dolores
de cabeza pueden ser por falta de alimentación, ¿lo harás?*

*Estoy sentidísima con los Olmedo pues no he recibido la primera
carta. A tu amigo el embajador le escriben siempre. ¿Has hablado con ellos?*

*Eso de "tocar el cielo con las manos" es muy mío; ¿lo has
usado otras veces?*

*Te mandé un papelito con una estudiante venezolana que viajó
el sábado pasado, y hubiera querido enviarte un libro, que es como
mandarle flores a la floristería.*

De todas formas, te debo el libro sobre Manuelita Sáenz que es bastante difícil de encontrar; ojalá pueda recuperar el mío para mandártelo.

Me gusta mucho Contrapunto, pero no lo he terminado aún.

¿Será posible que no hayas recibido todavía ninguna carta mía?

Todavía tengo problemas con mi pierna, pues me duele muchísimo al tacto, incluso el roce del pantalón es insufrible; afortunadamente no tuve desprendimiento del tendón.

Me harás una carta larga?

Un beso, F

Sobre esta carta creo que:

Evidentemente se percibe un cierto viraje en la actitud de ella respecto de su distanciamiento, aunque muy suave todavía. Lo de "prestada" a la embajada se refiere a que ella consideraba al Departamento Cultural con su Galería de Arte algo muy independiente, al menos de hecho. Habla de Marianella, que es una de sus muy queridas primas. También de Los Geranios, que es la casa que ella ayudó a comprar para su madre y en la que viven dos de sus hermanas. De mi primer analista ya he hablado, como de su residencia en Caracas donde se hizo amigo de su padre. Bobby es el perro muy querido y mimado de Florencia. Lo del brazo sobre el otro perro es obvio que se refería a la pata, pero Florencia siempre humanizó a sus perros mascotas. Los Olmedo eran un matrimonio muy amigo de ella en Caracas. En realidad él fue el consejero cultural después de Martín, su mujer muy amiga de Florencia. Fueron trasladados a Buenos Aires y Florencia se queja por no recibir cartas de ellos, que en cambio las recibe mi amigo, el nuevo embajador nuestro en Caracas.

Continúo con mi viaje y con referencia a los poemas a que alude la carta, que surgieron de mis interminables reflexiones sobre el amor logrado entre octubre y diciembre y perdido a partir enero, después de su viaje de fin de año. Una suerte de mensajes recordatorios del amor logrado y perdido:

Todo servía para tratar de verte, para estar a tu lado de cualquier manera, como fuese. Pero era todo tan absurdo eso de ventilar a los próceres, abrumar sus retratos y memorias con discursos anualmente repetidos, reiterados y copiados de cien libros y tan largos como el siglo. Y las bandas estruendosas con los himnos, pobres himnos y las presentaciones engoladas. Claro está que las casas eran bellas, con sus patios abiertos bajo el cielo y ese aire tan digno de la tarde que de pronto se filtraba de la Historia.

(Pero esas son las cosas que se sienten muy adentro, en el silencio, sin ceremonias y sin fechas). Y luego la gente tan pesada y retórica con su charla intrascendente, con sus expectativas puramente personales o con sus mocasines increíbles. Otros, como si todo fuera cierto. Y yo allí y no una vez sino una y otra vez, sólo por verte. Y eso que era lo único que de vital podían tener los actos Académicos, tampoco ya a nadie le servían: a los próceres porque hacía mucho que habían muerto en el olvido y a nosotros aún menos, porque el amor que vos habías tenido para mí ya no era para mí.

Sobre esto hice uno de los poemas que reuní bajo el título *Lejos más te quiero* (parte de la letra del famoso tango de Osvaldo Fresedo) entre el 31 de octubre de 1977 y el 31 de marzo de 1978, llamándolos poemas y antipoemas de amor. El texto que acabo de transcribir dice muy claramente cuál era la situación de la relación en ese momento. Yo sabía que Florencia, aunque sin volver a su anterior relación, se había distanciado de alguna manera de mí, para poder reflexionar, después de ese primer impulso de rápida y total entrega. Y en lo transcripto, que luego se transformará en un poema, cuento cómo la acompañé a un acto Académico, tan solo por estar a su lado, ya que ella salía conmigo cuando yo iba a Caracas, pero de una manera solo amistosa, lo cual incluía mi visita a las casas de la abuela y de la madre. Sobre todo a la de la abuela, donde Florencia mantenía un dormitorio propio y los domingos allí almorzaban unas veinte personas entre tíos, tías, hermanas y primos. La casa se llamaba La Quinta Josefina (nombre de su abuela).

Fue un cumpleaños y el cielo muy mediodía sobre el balcón, sobre el sillón, sobre las plantas. Ya jugaban a las cartas como todos los domingos en tus casas. Luego el almuerzo tan rico y tan volando, sin saber yo cuál era el apuro ni de quién.

Tu madre que no se sentaba, la abuela que no llegaba. De nuevo las cartas y vos que me pedías me quedara a tu lado para darte suerte, que era la excusa para que yo no me sintiera solo, con ese cuidado generoso que siempre me otorgabas en cualquier situación cuando visitaba tus casas. Recuerdo las escaleras y la terraza. Y el intento de siesta en tu cuarto, que me desvelaba por el hecho de estar en tu propia cama. Y es que también me llegaban las voces del juego, a veces tu propia y aniñada voz, las risas de tus hermanas, los ladridos de Bobby. Y yo miraba tus muebles, tus ventanas y todas tus cosas: no sé si amontonadas o desparramadas. De pronto entrabas y me mirabas para saber si dormía. Y en algún momento me dormí (¿o soñé que me dormí?). Fue un cumpleaños en San Bernardino, tan arbolado. En tu cuarto alto, en tu propia cama, estando vos tan cerca me dormí en vos.

De esto salió un poema que mostraba otra fase de la relación, porque como todos los demás, al haber sido escritos en Buenos Aires en un período tan breve, abarcan el comienzo y un cuasi fin del amor inicial, suspendido por las dudas de Florencia. Sin que tal suspensión hubiese modificado la relación epistolar o personal cuando yo viajaba a Caracas.

Íbamos hacia el mediodía, dejando atrás la ciudad y vos como siempre diciéndome el nombre de todas las cosas, que era la manera de fundarme tu país en el amor.

Luego cambió todo el paisaje cuando empezamos a subir, hasta llegar a ese pueblito sorprendente, tan europeo, tan increíble allí. Y después del almuerzo y la bebida compartidos, sobre la mesa iluminada por el aire, pegada a la ventana dando al jardín.

Servidos por esa alemana alucinada, vaya a saber por qué, con su humor absurdo y así como "naíf". Y una música tuya tan linda de antigua y valseada, romántica y guitarra como vos.

Que me quedó resonando muy adentro todo el tiempo,
después al volver, cuando pasamos de nuevo por el pueblo
y compramos esas cositas que siempre te gusta comprar a vos.

Con las nubes bajando con nosotros, de la montaña al mar
para que yo pudiera saber definitivamente que teniéndote a
mi lado estaba tocando el cielo con las manos en esos días
primeros y últimos que tuve de tu amor.

En estas líneas hablo del amor del primer tiempo, perdido para mí, que lo recuerdo desde Buenos Aires como
un tácito reproche por lo tan querido y añorado. Pero que
no abandono la espera.

Y luego sigo con estas líneas:

Llueve hoy en la tarde de mi ciudad y pienso en tu cielo
de Caracas, seguramente azul. Aquí, los pájaros no saben
dónde estar. Vibran las antenas de televisión como juncos
por el viento
y se mecen largos cables, esos mismos que a veces, no hace
mucho, me traían tu voz desde tu casa, tan lejos o desde
lugares más remotos todavía, cuando viajabas con la ilusión
el amor.
Se mojan las terrazas solitarias y alguna ropa tendida y
olvidada
como bandera sin país. Las ventanas también están aban-
donadas
y el Río, mi Río, como el color de tus ojos muy marrón. Son
las seis de la tarde y el teléfono espera inútilmente el milagro
de tu voz. Porque no sabe todavía que yo he perdido tu amor.
Llueve hoy en la tarde de Buenos Aires y pienso en el cielo de
tu ciudad, seguramente azul.

Sigo con las transcripciones en mi Diario sobre mis
sentimientos y reflexiones que me servirán de base para
los poemas del libro:

Mañana es noviembre en tu ciudad y no parece todavía,
que este otoño que se va haciendo día a día más invierno,
pueda poner en marcha nuevamente el calendario inmóvil de
tu amor. Mañana es noviembre en mi ciudad y no parece,

sin embargo, que esta primavera que se va haciendo día a día más verano, permita convencerte de nuevas estrellas y de flores recién nacidas para tus cielos y tus parques. Pero de todos modos, nada ni nadie podrá impedir que mañana sea noviembre en nuestras ciudades, para vos y para mí: para los dos. Porque no se olvidan de crecer las manzanas en los manzanos, nunca, pase lo que nos pase. Y como todo lo que pasa queda irremediablemente atrás, cuando mañana sea noviembre algo habrá terminado dentro tuyo, más allá de lo vivido y la memoria: ya lo sabrás.

Recuerdo la primera vez que me llevaste a Chacaito. Yo a comprar libros y discos, vos a tu clase de inglés. Y yo empecé esa tarde misma a preguntarte por todas las cosas de tu ciudad y por algunos buenos lugares para llevar a una pareja amiga a escuchar música y a comer. Vos me los dijiste y entonces no sé bien cómo todavía me animé a invitarte para esa misma noche a acompañarnos a salir. Tampoco sé bien cómo –y vos seguramente menos– se te ocurrió decirme sí. Tal vez ahora y ya pasado el tiempo, que no fue mucho, y el amor, que tampoco duró, vos estés realmente arrepentida de aquel sí. En cambio, yo puedo decirte que a pesar de todo lo perdido, fue tan intenso lo vivido, que sigo queriendo desde ese día a Chacaito para siempre: precisamente por tu sí.

Ningún hombre puede saber nada de una mujer si nunca la vio dormir. Por eso me fascinó la vez primera y luego tantas otras que te miré dormir. Pero aquella, la primera, cuando no había casi nada entre los dos, salvo el contarnos todas las cosas y recorrer todo Caracas, mañana, tarde y noche, hasta un ratito antes de cada amanecer. Aquella vez primera, cuando rendidos después de comer, me acompañaste imprevistamente a mi cuarto para poder ir luego juntos, muy temprano, hasta mi avión: verte así dormida tan tranquila, inocente dulce y bella, fue algo que, casi como vos dirías, no se podía creer. Con la enorme diferencia de que yo que te miraba, te veía: y sí lo podía creer.

Nos habíamos dormido tomados de la mano con ese cansancio que teníamos de andar la noche y el día, para recuperar el tiempo de la primera separación o para festejar el primer reencuentro. Y al despertar de esa siesta, prácticamente vestida todavía, te dejaste sitiar y luego muy dulcemente te dejaste invadir. En ese momento empezaba a caer la tarde del once de noviembre en toda tu ciudad. Afuera predominaba el rojo y el rosado: en vos también.

Desde el Hilton veíamos esos rascacielos de vidrio neoyorkinos. Desde el Holiday Inn el aeropuerto chico y parte de la ciudad. Desde el Anauco la montaña. Y desde todos: yo te esperaba a vos y vos llegabas en amor.

Como lograste transformar mis rituales campos de batalla en anchos parques de amor, también vos como Manuela, la gran pasión de Simón, recibiste una tarde inmensa de mis manos (y aunque no me llevaste al museo) tu propia Orden del Sol.

Hoy recuerdo a ese perrito humilde en la piscina del Hilton, que caminaba como un barquito de papel deslizándose dulce y delicado como una mariposa: ¿te acordás?

Lugar de tu preferencia y elección. Lugar de fin de siglo, con los faroles iluminados como pequeñas lunas llenas. Y de la música salida casi desde una antigua victrola a cuerda, desde un disco de pasta en setenta y ocho revoluciones, de su *Master Voice*. Solos o con amigos: siempre era como una fiesta, *La Belle Epoque*.

Antes de conocerte, como el amor no era el amor, yo podía encontrarlo en cualquier parte. Aunque luego daba ganas de morir. Después de conocerte, como el amor era el amor, yo podía encontrarlo sólo en vos. Y entonces luego, daban ganas de vivir.

Aunque vos no lo sepas, ese espacio de sueños que fue nuestro amor, tramado en la más exigente intimidad de tu ciudad, te ha agregado al alma otro pequeño valor.

Era tan lindo subir a Los Geranios llevado por vos, a visitar tu nueva casa, con ese balcón mirando las montañas recortadas sobre un intenso cielo. Sentir cómo cambiaba el aire mientras tu auto tomaba curvas tras curvas, con esa seguridad que le dabas vos. Hasta pasar por ese pequeño lugar, como una plaza cajita de bohemios o de artistas y luego muchas más vueltas, para que yo me perdiese como siempre hasta llegar. Y estar allí con los tuyos y algunas de tus cosas y de tus cuadros. Poder ver al fin con vos el paisaje y todo lo que me contabas veían tus ojos. Oírte hablar en familia, jugar con todos ellos y beber: esa fue la primera vez. Y hubo otra también después del viaje a Oriente, con una larga película del viaje y los *Muppets* en TV y hasta un plato cocinado por vos. Después nunca más pude entrar a Los Geranios: es que había extraviado el pasaporte de tu amor.

Después de asombrarme al conocerte sentí el deseo de condicionarte y hasta casi de apropiarme de vos. Fue como una intensa necesidad de Amor, mezclada tal vez con la tentación que tenemos algunos hombres por el Poder. Y al no quedarme como debía, en el mero asombro: fracasé.

Una canción brasileña que nos gusta a los dos dice que la tristeza no tiene fin, la felicidad sí. Lo malo es que justamente a vos se te haya ocurrido ratificármelo, precisamente a mí.

Yo te amaba, vos me amabas, yo te amo, vos me amabas, yo te amaré, vos me amabas: dicho así, son formas distintas de constancias, pero constancias las dos al fin. Y tal vez aparezco yo casi más cambiante, casi más voluble que vos.

Yo recuerdo que tenía un valle, un lago, montañas, dos luceros. Tu cuerpo: yo recuerdo que tenía mar y campo y selva. Y esa mancha diminuta y solar que no me diste tiempo de borrar. Tu cuerpo: una guitarra, territorio de música y amor, geografía de mis manos y mis besos. Tu cuerpo: expulsó al invasor.

Reunías en vos, sin duda, y yo lo supe desde el vamos, todas las virtudes conocidas de la Tierra. Pero según alguna gente también tenías un oculto defecto, que se hizo evidente cuando no persististe en nuestro amor. Lo cual, según creo yo, y bien visto finalmente, no fue otra cosa que tu más reciente e inédita virtud: habida cuenta sobre todo, quién era la contraparte en ese amor.

Sólo conocemos de verdad las cosas y las situaciones que hemos dejado atrás. O por lo menos aquéllas cuyos límites, aún sin haberlos traspasado, hemos podido tocar. Por esto último, seguro, más que por lo primero, recién comienzo a distinguir en lo que fue nuestro amor: lo ideal de lo real.

Yo sé que podré seguir oyendo música, viendo todos los cielos y todos los paisajes. Yo sé que podré seguir sentándome a las mesas para charlar, para beber, para comer. Pero todo ello con otros o solo, ya sin vos, será como la diferencia que hay entre la vida y la fotografía o entre la alegría que me dabas, compartida, y esta tristeza de ahora que bordaste dulcemente para mi definitiva soledad.

Pude serte fiel no sólo por haber gozado de tu cuerpo, de tus gestos tan dulces, de tu expresión fascinante, sino también por haberme asombrado ante el profundo misterio de tu existencia autónoma y extraña, de tu vida toda. Pude serte fiel a pesar de que de todo ello sólo tuve un ilusorio y fugitivo escorzo, proyectado tal vez por mi propia imaginación. Pude serte fiel, seguramente porque nunca separé en mi relación con vos, el deseo del amor.

Descubrir que eras la mujer más bella de la Tierra fue un acierto. Elegirte fue un error.

¿Tus pecas eran estrellas?

Siempre en el Aeropuerto, para llevarme, para esperarme. Desde aquella vuelta mía tan imprevista de Panamá. Los horarios sin relojes, trasnochados nuestros cansancios. Una vez nos bebimos la despedida cerca del mar, ya al mediodía bajo el sol. Y la última en ese pequeño salón donde inventamos un rincón inexpugnable, que aprovechaste para preguntarme todas las cosas que no te atreviste antes a preguntar, no sé por qué. Estábamos tan cerca el uno del otro la última vez. Y vos casi seguro, porque sabías que era precisamente la última vez.

Cada vez que envidaba en el juego o en el amor te dije: quiero. Ahora que ya no hay juego ni hay amor, nada reclamo para mí de vos. (Ni cartas pido). Sólo una cosa te ruego, no de vos hacia mí sino de vos a vos. Para decirlo claramente: que te des buenas cartas, que hagas algo por vos.

No quiero dejar de recordarte que de cualquier modo que sea y cuando sea, tenemos que andar juntos (es realmente una promesa) las calles de Atenas, Plaka, algunas islas, ver Cabo Sounion y el Partenón. También Wall Street un domingo y Battery Place, navegar el Hudson y llegar a los Cloysters en Nueva York. La Gran Vía, la Puerta del Sol, el Prado y todas las tascas en Madrid. Gaudí, el barrio gótico y el Museo Picasso en Barcelona.Y después, entonces, al final: rendir a París.

Aunque no lo puedas hoy creer y esta vez no por lo bello que haya sido, como vos decís, sino porque no podés todavía comprenderlo. Quiero que sepas que todo lo que en la vida nos pasa a través del amor y del dolor, no ocurre impunemente, nos graba y modifica de manera profunda y para siempre. Y un día, sin darnos casi cuenta, damos un salto y

amanecemos distintos o atardecemos diferentes o se nos hace
la noche de otro modo en las estrellas, y eso que nos pasa,
te digo, no es otra cosa que crecer. De pronto entonces –y
cuando ello ocurra– volverán a tu memoria los recuerdos del
hombre cuyo niño interior entristecido volvió a llorar en un
territorio sin edad el amor que se le iba de las manos en una
ciudad extraña que siempre lo rechazó y que nunca pudo llegar a conocer. Tal vez entonces, cuando ese día llegue a tu día,
en los mismos lugares donde nació la ilusión del amor con
toda la alegría de la felicidad, que se rompió como un juguete
que luego abandonaste en un rincón muy oscuro de tu cuarto:
tal vez entonces, en esos mismos lugares de aquel tiempo, vol-
verás a buscar la alegría que tuvimos compartida, entristecida
luego por el llanto o ahogada por la angustia porque no la
supiste cultivar y conservar. Porque entonces, cuando ese día
llegue y aunque todavía no lo sepas, ya no serás vos la misma
de hoy pero serás más real, más profundamente vos y mucho
mejor que la que fuiste, aunque al principio no lo entiendas y
hasta llegues a sentirte mal. Porque también sabrás entonces
que te habían querido una vez y para siempre, y sin límites
para dar y para amar. Desde cerca rechazado, o desde lejos
aceptado con cartas y llamadas remotas, cuando te decían que
te amaban y vos con tu voz de mujer-niña preguntabas desde
Tokio, Honolulu, Caracas o San Francisco: ¿de verdad? (sí, mi
amor: era verdad). Y ya no serás la misma entonces, cuando
recuerdes al hombre que abría la ventana para que se lo traga-
ra tu ciudad, justamente frente al lugar donde habías nacido
veintiséis años atrás. Y ya no serás la misma cuando crezcas
en silencio, si podés madurar tu emoción, hoy absurdamente
encandilada por reflejos todavía persistentes del pasado. Si
podés ensimismarte y terminar con tanta dispersión. Si podés
volver al alto y digno silencio del pensamiento de los libros
y la palabra escrita. Si podés dejar de oír las voces que te
reclaman tonterías o quieren retrotraerte a pasados que, por
pasados, no volverán. Si podés dejar el repiqueteo infernal de
los teléfonos y el ir y venir locamente, corriendo sin sentido
de un lado a otro de tu ciudad ante cualquier reclamo que
nadie, ya cumplido, te sabrá debidamente compensar. Tal vez
entonces puedas llegar a comprender que tu propia e intransferible vida vale solo ella mucho más que todas aquéllas que
te arrancan el espacio, el tiempo para no dejarte vivir, para no

dejarte crecer, para no dejarte ser madre y mujer. Entonces podrás ver la realidad con los ojos de tu alma, con esos ojos marrones como el color de los antiguos ríos de mi Patria, cuando corren por los campos, sobre un fondo de piedras limpias que brillan como tu mirada cuando a veces me miraba con amor. Entonces podrás recordar todos los lugares que me mostraste y todos los paisajes que me prometiste y que nunca me llevaste a conocer. Entonces podrás ver también los vasos iluminados como lámparas, cuya luz bebíamos juntos en los bares o algunas veces bajo el sol frente al azul del mar. Y allí estarán el cielo y tus montañas y en tu recuerdo del futuro todas las ciudades que yo te quise mostrar. Y también verás de nuevo cuando escuches *Feelings*, *My way*, *People* o Delirio, al hombre triste frente a la ventana buscando tu amor perdido en la ciudad. Entonces, cuando todo ello ocurra, cuando llegue ese día a tu día y crezcas de verdad, cuando dejes de estar pequeñita: todas esas cosas que te dije y que vivimos, yo sintiéndolas y vos ignorándolas: entonces, recién entonces, todo será verdad y realidad: ya lo comprenderás.

Llueve desde hace siete días en Buenos Aires sin cesar. Y todavía no sé si ese llanto de ciudad es porque no vas a venir o simplemente porque no estás.

Ahora en Buenos Aires ya sin vos, tengo los días, las semanas y los meses largos, muy largos, tristes, muy tristes, solitarios: ya sin vos.

Así, estando tan lejos, la única argucia que puedo utilizar para tocarte es la luna que veo sobre el Río: la misma —a pesar de la distancia— que sobre el mar o la montaña ves vos.

"Vida mía/lejos más te quiero…" "Vida mía" es un tango de Osvaldo y Emilio Fresedo. Esta es parte de la letra de un tango subsistente que te enseñé a bailar. Música de Buenos Aires que te espera, tal vez para saber si es verdad o es mentira el mito de Tristán. (¿Se amaban Tristán e Iseo o amaban el amor?) Mientras tanto impera la nostalgia por tu ausencia y mi ciudad te llama y te reclama, con las librerías que no duermen al lado de los teatros en la calle Corrientes. Con sus cines en la calle Lavalle, con los ex carritos en la Costanera bordeando el Río, casi siempre marrón. Es Buenos Aires que te espera. Y a mí me preguntan los que saben si soy como Tristán y te amo por ausencia, lo que no puede ser respondo porque también te amé en Caracas con presencia. Por eso

necesito ahora que vengas para ver conmigo los barrios como
Flores o Caballito, que son bastante parecidos, si los mezclás,
a San Bernardino y Chacaíto. Por eso quiero tenerte aquí
aunque digan, los que saben de estas cosas, que la felicidad
depende del ser y no del tener. Y aunque lo digan y repitan,
yo te espero ver bajar de todos los aviones que vienen y
van preguntando dónde estás para llevarte hasta la Torre de
Luna y Horas de la Plaza San Martín. Y yo sé que no serás
cuando vengas, la nostalgia saciada que antes se anhelaba,
sino el amor querido y deseado como siempre. Por eso no
puedo decirte "lejos más te quiero" porque yo te quiero aquí
conmigo, caminando las calles, los parques y toda la ciudad,
embanderada de vos. Así, igual que al comienzo en Caracas,
de ese modo y de ningún otro modo y mucho menos lejos,
dígan lo que se les ocurra de Tristán: porque te quiero cerca
porque te quiero aquí.

Ars longa, vita brevis. Como no me dejaste seguir viviendo
nuestro amor, tuve que resignarme a esto que ahora hago
(de acuerdo a las prescripciones de Todorov), que es escri-
birlo todo, contártelo. Total no importa: el arte es largo la
vida breve.

Terminé el libro de poemas para Florencia: *Lejos más
te quiero*. Son 36 poemas en total. Poemas y antipoemas,
es decir, estos últimos son conceptualizaciones o descrip-
ciones sin concesión al lenguaje poético, pero transcriptos
verticalmente por razones gráficas y para evitar la puntua-
ción, para que la lectura o la voz determinen las pausas.
Títulos: Cortesías conjugacionales; Holy-Day-Inn; Explicación de la fidelidad; Las ciudades prometidas; Se acabaron
los trucos y los trucos; Antes de vos y después de vos;
Amor y poder; Aeropuerto; La Belle Epoque; Ya sin vos;
Para tocarte mejor; Lejos más te quiero; Mañana es noviembre; Quinta Josefina; Chacaito; Los actos académicos; Yo
no lo pude creer; Colonia Tovar; Los Geranios; Cuando
crezcas; Mañana marzo; Azul y gris; Antipoema ripioso-
quejoso; Sobre condecoraciones y batallas; Valor del amor;
Virtudes y defectos; Lo ideal y lo real; Las cosas perdidas;

Los cuartos del amor; Literatura y vida; Lluviallanto; Bossa Nova; Enigma sideral; Tu cuerpo; Lo inventaste vos; Paradojas: 36 en total.

Hoy ha sido un mal día: lo internaron a mi gran amigo Jorge con úlcera. Murió en México una socióloga nuestra de 34 años por un aneurisma. En este contexto la recepcionista de Flacso me dice: por teléfono el nombre de Florencia, pero no eras ella, sino la niña que vino a estudiar psicología, Iris Rosales, de parte de Florencia. ¡Qué decepción! Segunda decepción: busco afanoso la carta de que es portadora… ¡La carta! Realmente, ya no se trata de reciprocidad en el amor. Sólo se trata de reciprocidad en el plano humano-afectivo. Mientras ella está recibiendo a esta altura el sobre número más o menos 40, con envíos varios: cartas, recortes, poemas, etc., yo recibo un mínimo sobre. Por eso le contesto diciéndole:

¿Creés realmente que podés responder equitativamente a mi cantidad y calidad (sino intrínseca por lo menos intencional), con una carta escrita en medio del despelote de la embajada, plagada de incoherencias, y otra tan convencional como esta del 17? Por lo menos, un frontón o una pared te devuelve las pelotas que le arrojás… Sos como para desanimar hasta a Jesucristo en la amistad. Y volvés a prometerme una carta "larga"… ¿cuándo será? Todavía no sé si recibiste mis cartas del 7, 8, 10, los tests, los poemas, las cintas de Barletta, nada sé. Me hablás del Departamento Cultural: a mí el único departamento que me importa es tu departamento INTERNO. Tu consejo "diviértete", en el sentido convencional de divertirse, sólo los boludos lo hacen en esta época; el sentido no convencional de di-vertirse, no es precisamente lo que me hace falta y menos ahora. Ni siquiera te conviene a vos en ninguno de los dos sentidos. Para aclararse, para encontrarse e ir adelante, hay que ensimismarse y no di-vertirse o alterarse. La alegría está adentro o no está. Cuando te despedís con "el afecto de siempre" entro en la duda metafísica de cuál será el de siempre… En cuanto a la niña, no tengo mucho tiempo para orientarla y ahora menos que menos. Tendría, sí, tiempo para vos o para tu tía Ana Hilda o cualquier otro ser muy querido tuyo, pero no para alguien que acabás de conocer en la oficina. Mi tiempo: mañana y tarde en Flacso (te dije en una carta que mi situación se había recompuesto totalmente y habían confirmado toda la confianza en mí; además, adhirió Bolivia, que fue una negociación mía de 13 meses). Tengo almuerzos de trabajo; reforcé asesoramiento en la revista *Salimos*; comencé nuevo asesoramiento en *El Diario*, dos veces por semana hago análisis existencial y lógico –logoterapia– (es muy arduo); dos veces por semana técnica vocal, porque noté que mi falta de asiduidad en radio y televisión me ha hecho caer totalmente la voz y he perdido sonoridad (lo noté al grabarte los casetes); todos los días una hora de gimnasia en el club; abundante lectura de libros; escribo; veo gente. ¿Estás vos más ocupada que yo? Aun así me ocupo de vos con envíos múltiples, pero no tengo tiempo ni ganas de orientar estudiantes. Y mis hijos: como la madre no está, me ocupo más de ellos. Como te dije, mal día hoy. El único hecho reconfortante fue recibir el primer libro de poemas de ese loco amigo mío que vive en Madrid, a quien pedí ayudase a otro amigo mío y poeta, que está exiliado allá. Y el libro está dedicado (te envío copia de la dedicatoria). Por lo menos, hay alguien que sabe responder, después de 14 años a lo que uno le dio alguna vez, en Atenas. Se trata de un muchacho que tenía 18 años cuando lo desembarcaron como polizón de un barco que venía de Israel, país que siendo él judío se le ocurrió conocer y quedarse allí un tiempo, hasta que supo que debería entrar en el ejército y eso lo decidió a huir. Era argentino y no tenía ninguna documentación. Yo, como cónsul, lo recibí a pedido de las autoridades portuarias, y llamé por teléfono a sus padres en Buenos Aires. Lo atendí y protegí con mi familia varios meses, hasta redocumentarlo y enviarlo de vuelta a nuestro país a través de un barco desde Génova. Se las arreglaba bien en Atenas y hasta se puso de novio con una chica griega con la que viajó en dicho barco. Creo que incluso se quedaron un tiempo en Río de Janeiro antes de decidirse por Buenos Aires. No supe más de él por años, hasta la llegada de este libro.

En vista de todo lo dicho, tomé conciencia de que es mejor –para que no te sientas en falta de reciprocidad– suspender mi asiduidad. De ahora en adelante, sólo responderé a tus cartas si las hay. Sin perjuicio de ello, te enviaré carta si tengo algo excepcional que contarte o enviarte, aparte del libro de poemas que te haré llegar en mi primera versión antes de imprimirlo (quisiera verlo impreso aunque el apuro me deje disconforme con su calidad). También tengo otros envíos del 7 y 8 de marzo, dos transcripciones y una carta del 15 de marzo que no te hice llegar, porque no sé si te harán bien o mal. Y a esta altura, creo que te debo hacer llegar todo, por razones de honestidad. Además, porque también creo que las cosas que de mí provienen en ese orden no te hacen ni bien ni mal, simplemente te resbalan (aun cuando esto no signifique de tu parte una actitud de desprecio). Creo que deberé ir tres días a Estados Unidos por mi cuenta.

Carta de Florencia, fechada el 27 de marzo

Son las 5 de la tarde, nuevamente en la Embajada. Mis vacaciones de Semana Santa las pasé en "mis casas". Un calor espantoso (32°), sin agua, con un bebé nuevo en la familia (Federico), el varón de Marianella, y muchas horas de ocio; así fueron estos días en los que intenté hacerte algunas líneas: éstas que te escribo hoy. Almorcé con Christian (¿lo recuerdas?), a quien no veía desde aquella noche que fuimos a cenar los tres. Recién se va a su clase de ballet. Llena de soledad por todas partes, me siento como las plantas en las macetas; esperando el sol y alguna lluvia ocasional del verano; atada a la tierra, siempre, siempre.

Mi cuarto tranquilo, como una ventana entreabierta; rincón para hilar sueños, refugio para las horas difíciles, espacio que me queda pequeño. Con su cuadro, una cruz rota, tantos papeles y libros por mirar o leer nuevamente. Y cerca, muy cerca, una escalera caracol que lleva al cielo, donde ahora se pasean con gracia las cometas de los niños, con sus colores y sus largas trenzas.

Y pensando así, pasan las horas y me cubro de tristeza. Soy una estrella más, todavía sin brillo suficiente, sujeta al lugar de mi caída, inmóvil. Quisiera jugar con el viento y visitar otros lugares. Ir tal vez a tu ciudad, donde posiblemente todavía me esperes, y decirte y contarte todas estas cosas.

Tú me entenderías.

F

Esta carta fue un anticipo que me devolvió la esperanza y a los pocos días me llamó para preguntarme si podía viajar a Buenos Aires para verme. Por supuesto, accedí de inmediato. Y ella llegó en 48 horas. En esos días que también nos llevaron a Mar del Plata, Villa Gessell, Miramar y Pinamar, se recuperó el amor inicial de una manera total. Pero es obvio que la carta que transcribí en mi Diario, del 28 de marzo, estaba escrita sin haber recibido la de ella...

Florencia: ayer tuve un día muy malo por todo lo que te conté. Hoy recibí tu carta del 14 que no es la larga carta prometida pero es mejor que las dos anteriores. Sin embargo, todavía sigue el diálogo de sordos porque no aludís para nada a lo que yo te digo en las mías: no me comentás nada de nada. Yo quiero saber qué hacés, adónde vas, a quiénes ves. No puedo imaginarme todo ni adivinar todo. Son muy absurdas e infantiles tus cartas. Paso a ésta para que el diálogo no sea de sordos: me decís que seguís luchando con tu peso y la embolia crónica del trabajo. Del saludo cariñoso del embajador y que le dijiste que yo quiero que vengas a Buenos Aires para convencerte aquí. La verdad es que yo sé que a vos no puedo convencerte ya de nada, ni lo intento más. Sólo quiero que vengas para disfrutar con vos de Buenos Aires y de las playas, y creo que sigue valiendo la pena. Mantengo la invitación, ídem Nueva York y Europa. Tenés carro otra vez y se casa María Josefina. Me alegra que sigas atenta a tus posibilidades de investigación y que leas (terminaste *La Condición Humana*, pero no me comentás nada sobre el libro... ¿qué te pareció?) Ahora *Contrapunto*. Me decis "conseguí el libro de poemas" y otra vez PREGUNTO ¿cuál libro de poemas? Leíste atentamente lo del test pero tampoco me comentás nada al respecto. El dibujito quedó porque detrás habías escrito un poema que sirvió para análisis grafológico. Lo del viaje de Ana Hilda... con vos y Luis: si me entero antes muero de ansiedad y luego de... en este momento me llamás por teléfono desde Caracas y esto es la locura...

Mayo de 1978

- 1/3: Fallece Arám I. Khatchaturian, nacido el 6/6/1903, compositor de origen armenio, cuyas obras musicales están inspiradas en el folklore de su patria.
- 9/3. En el interior de un auto es encontrado el cadáver de Aldo Moro, nacido el 23/9/1916, dirigente de la Democracia Cristiana y ex primer ministro de Italia, que había sido secuestrado en Roma el 16 de marzo. A pesar del despliegue policial no se lo había podido localizar con vida y la Democracia Cristiana había decidido no negociar con los secuestradores.

Aquí se produce un salto en mi Diario porque ha habido el encuentro en Buenos Aires, con viajes a la costa... pero transcribo algunas cartas...

En Buenos Aires a las 12:10

Muy cerca todavía de todo este amor y estos días maravillosos que nos dimos el uno al otro, quiero decirte:
Mi amor: son las siete de la tarde. Gracias por todo y espero ahora New York para tu cumpleaños, ya que sabés que juntos podemos tenerlo todo: la felicidad, el amor, la risa, la paz. Te quiero.

17 de abril

Estoy en Flacso, en mi oficina, la que ya vos conocés. Estarás volando y habrás visto un crepúsculo maravilloso, espero, porque el color de la tarde era increíble, tal como ya lo pudiste ver en esas tardes nuestras. Te eché de menos todo el camino de vuelta desde el aeropuerto y sé que te voy a extrañar horrores... pero no es mi decisión esta distancia. Tendré mucho trabajo estos primeros días para poner al día bastantes cosas generales y personales. Por ello, si no recibís muchas noticias mías, no lo tomes a mal. Trataré de cualquier modo hacerte llegar unas líneas y mis noticias. Estoy absolutamente en vos y sólo espero que corra el tiempo para verte en Nueva York. Mañana seguiré con estas líneas y te daré cuenta de tus cartas no contestadas aún. Me costó mucho ser fuerte en Ezeiza, pero todo fue demasiado lindo como para cerrarlo con lágrimas.

Hoy vi el amanecer y el sol sobre el horizonte del río, radiante. A los 15 minutos se obscureció todo, y diluvió hasta ahora que son las cuatro de la tarde: tenías razón, y Buenos Aires llora tu ausencia. Pedí con Caracas para saber cómo llegaste, pero no tenemos líneas...

Pequeñas noticias: las pastillas DRF que te parecen dentífrico, lo son (DRF significa Dentífrico refrescante fácil... ya sé que no me creerás...). Anoche estuve con mis hijos con la buena suerte de poder hablar con vos por teléfono, cuando ya creí que no era posible conseguir. Como te conté los primeros chimentos por teléfono, no los reitero. *Brevitatis causa*. Te adjunto un recorte y parte de una carta de nuestro embajador en Dinamarca, que es bastante graciosa, salvo lo que dice de Rómulo (Betancour) que te hará decir ¡qué bolas tiene!

Aunque varias cartas están superadas por nuestro tiempo juntos en Buenos Aires, quiero aludir brevemente a ellas: la del 15 escrita a mano en papel *stencil*... el tablón que se te cayó encima, en la patita, la compra del vestido de noche tan bello que no se puede creer (¡qué cara me vas a salir mi amor...!); la del 22 en la que me decís del recibo de varios poemas y recortes de diarios. Tema "imagen" y psicoanalistas... (ya el tema quedó agotado personalmente y con lectura de la cinta que te dí... habrás visto que te defendí bastante bien, por lo menos hasta ahora, y tengo motivos también para llamarlos y decirles que algo de razón tenía yo, ¿o no?) Noticia de la operación de Luis y enamoramiento de Bobby de otro perro! Marico!, como se dice en tu país. Que yo coma más, que mi peso, etc. Prometo mantenerme en 67 kilos que es el peso que te gusta, aunque después te quejás de mi peso sobre tus tetitas... Terminás pidiendo una carta larga. Y esta del 22 es tu primera carta en serio. Ahora que no estás, pude releerla y disfrutarla. Luego viene la del 27... cortita pero muy bella y tan bien escrita que me da envidia profesional. Ahora amaga salir otra vez el sol... será porque oyó tu voz por teléfono. Apareció el nuevo bebé Federico, almuerzo con Christian y vos "llena de soledad"... esto tiene remedio pero no te animás. "...Quisiera jugar con el viento y visitar otros lugares. Ir tal vez a tu ciudad, donde posiblemente todavía me esperes, y decirte y contarte todas esas cosas. Tú me entenderías..." Sí, mi amor. Si falta mucho para Nueva York, vení otra vez. Te espero siempre. Esta carta del 27 es realmente bella, con su tristeza y su cuasi promesa tan cumplida al fin.

Mi amor: no te olvides de contarme cómo estás por dentro desde aquí a Nueva York. ¿Qué quiere hacer Pérez Celiz en el libro?, ¿alguna verticalidad de tapa? Porque lo montañoso de Caracas lo hizo olvidar de la chatura pampeana y en sus cuadros predominaba ahora todo lo vertical. Respecto de su participación lo dejo librado a tu criterio, pero ocupate de las fotos. El libro es tan mío como tuyo, todo lo tenemos entre los dos.

Sigo con otra carta que también transcribo en mi Diario, donde a partir de ahora solo me dedico a transcribir mis cartas y las de ella aunque omito muchas veces en dicha transcripción los encabezamientos y las despedidas... besos, etc.

Miércoles 19 de abril

Son las cuatro de la tarde y acabo de volver del 55 Happening. Almorcé con Jorge. Obviamente recordamos nuestro almuerzo tan lindo con vos y su amiga. Hoy el cielo está nuevamente azul intenso, con ese color que conociste. Te extraño mucho. No te olvides de que el tiempo de vida útil es corto y cuanto más útil más corto. Yo estoy bien porque he recobrado aquello de que la vida debe ser vivida pese a cualquier adversidad, con el mayor decoro posible. Además, la vida, durante los últimos 17 días no me fue nada adversa... Pero ahora comenzó de nuevo la soledad.

Memorandum

¿Qué pasó con los alfajores? ¿Te gustaron?

Las fotos: de Chacaito sería bueno tomar la calle de la librería donde yo compraba los libros.

La vista de la montaña del Anauco Hilton .

La de los rascacielos desde el Caracas Hilton.

La del aeropuerto desde el Holiday Inn.

Los patios coloniales para el poema de los Actos Académicos.

El Frente de la Belle Epoque.

Una de Colonia Tovar.

Otra de la Quinta Josefina o desde el balcón de la quinta (con esa cumpliríamos también con San Bernardino sin necesidad de otra especial) .

Vista desde el balcón de Los Geranios.

Cualquier otra que se te ocurra, tal vez una ventana de tu cuarto en la Quinta Josefina para el poema donde hablo de tu cuarto.

La foto de tu cara para la tapa, con pecas y todo.

Yo tomaré las fotos de Buenos Aires con Jorge, que saca como un profesional con la ventaja de no serlo.

Hoy fui al club y llevé al mi Fiat 125 al taller, que está insoportable de maricón después de tus mimos. Ya no arranca nunca. No me compro todavía el Opel porque quiero saber qué pasará con *El Diario* y mi puesto en Nueva York. Deberé esperar hasta septiembre por lo menos o por lo más, y no sé si vale la pena la inversión por cuatro meses. Lo de *El Diario* me tiene frenado porque decidirá muchas cosas de mi vida. Creo que viviendo en Nueva York nos veríamos con mayor frecuencia "y algo más". Salvo que te animes a una experiencia más larga en Buenos Aires. Vos verás después de junio cuál es tu estado de ánimo y de ánima y alma y cuerpo. ¡Me acaban de dar deseos! Te adjunto unos recorte y foto recepción de la "Orden del sol" cuando me la otorgaron porque me dijiste que te gustaba.

Te envío aparte recortes vía el embajador que viaja a Caracas. Leo en Narosky que en amor nada es que no haya sido experimentado pero al mismo tiempo todo es nuevo. Y que aceptar carencias es amar mejor (pero también es joderse bastante)… odio los masoquismos. Extraño hasta tu silencio a mi lado, porque era como un lenguaje. Kafka le escribe a Felice hasta dos cartas por día. Yo preferiría en cambio hacerte el amor hasta siete veces por día (¡qué vulgar!). Te beso.

Carta de Florencia, fechada el 20 de abril

Leí tu carta en el avión y también los poemas. Me encontré con Pérez Celis y la señora: él quedó fascinado con la idea del libro. El osito durmió todo el tiempo. Como te dije por teléfono, llegué muy tarde y conversé con Haydée hasta las 5 am.

Martes 18: muerta de cansancio, encontré un gran lío en la oficina. Afortunadamente, el Pete K se encargó del Departamento Cultural y estoy feliz de no tener que tratar con el consejero. En la tarde fui a arreglar el lío del departamento (es largo de contar) y pude retirar unas obras de arte que tenía allí. En la noche fui a Los Geranios para ver a mi gente. Todos bien.

¿Te acuerdas que te dije que Gladys se cayó de un primer piso? ¿Que afortunadamente no le pasó nada? ¡Pues Ana Hilda se cayó de una distancia de medio metro y se rompió la cara! Muérete que se apoyó en una barandita que se soltó del soporte, y justamente se clavó el ojo ahí (en el soporte); tiene una herida inmensa en el ojo, además del golpe.

Miércoles 19: de vuelta en casa de Pina, jugué a las cartas, pues era feriado. Vi a Marianella, William y los niños (el bebé está tan lindo que no se puede ni creer).

Anoche comencé a leer Los Grandes otra vez...

He recordado mucho nuestros días.

Caracas toda gris, pues ya caen las primeras lluvias. De pronto aparece ese sol fuerte que obliga a las chicharras a cantar y cantar, con ese sonido fuerte y tan intenso, monótono como esas tardes del colegio, cuando estaba presa en el pupitre mirando los libros que tenía que estudiar, pero pensando siempre en cosas que iban más allá de ese salón, con niñas aburridas y una monja siempre atenta, conservando el orden y silencio indeseados.

Tu amigo el embajador, contentísimo con la carta, muy intrigado por saber si concretamos algo.

Mis actividades de "turquita oficinesca" van muy bien, mucho mejor de lo que pensé. Estoy a punto de pensar en encargarte cosas de bijouterie (no pongas esa cara) (le pediría a una amiga que las fuera a escoger). Esta tarde iré al Banco, pues no tengo ni idea de mis finanzas (debo estar en rojo). También voy a la ferretería para comprar unas nuevas cerraduras para el departamento, no vaya a ser que mi inquilino decida vender mis muebles para pagar sus deudas. En todo caso espero alquilarlo nuevamente para mediados

*de mayo (cruza los dedos). Hablé con Jorge Vall (el fotógrafo) y
ya quedé en verlo la próxima semana para concretar el asunto del libro. También llamé a Juan Calzadilla, poeta venezolano,
para lo del prólogo.*

*Te dejo ahora, pues es más de la una. La carta quedó horrenda
porque no tengo papelitos para borrar.*

Te guardo en un rinconcito, muy adentro.

Un beso, F

Viernes 21 de abril

Todos mis amigos y amigas quedaron fascinados con vos y
deseando arreglemos lo nuestro de algún modo, aquí o donde
sea. También saben que la cosa ya no depende de mí sino de
vos, salvo mi capacidad de esperar que ellos no consideran
que pueda ser mucha (yo no creo que te pueda esperar más
de 30 años, salvo que los vayamos pasando juntos ¡con mucha
frecuencia!). Hoy te hago un envío por correo diplomático
aunque todavía no sé si recibiste por esa misma vía las famosas cintas de Barletta y el libro de poemas (nuestro libro).
Conocí el resultado final de mi chequeo: era una gran infla-
mación de un nervio óptico ignorándose el motivo. Ahora
está mejor la cosa, aunque ayer por ejemplo, tuve mi dolorcito
de cabeza (yo ya sé muy bien qué es, aunque los médicos no
lo sepan: mi remedio sos vos).

Vi por TV dos horas de Tokyo y del nuevo aeropuerto con
el sistema de la máquina de mirar: te recordé mucho. Es uno
de los lugares que tenemos que compartir. Estos días he apro-
vechado la posibilidad de estar con mis hijos y los disfruté:
el mayor me aseguró que cuando termine su Teoría de los
Números Algebraicos se dedicará a la filosofía matemática
y científica en general: al ensayo. Si yo fuese cura español,
diría: que Dios me coja confesado (con este hijo mío). Los
tres piensan irse al exterior, y yo, en materia de planes, estoy
tan adolescente como ellos. También, ¡con vos! ¿Qué se puede
saber? El amor a distancia es como la teoría sin realidad: un
ejercicio estéril. Aunque la realidad sin teoría (puede pasar
con el amor) sea un ejercicio errático.

Te envío una foto del Fiat verde cuando era nuevo, con chapa provisoria y todo, en una calle de Miramar. Ahora le cambiaron unos cables y anda al pelo, salvo que no quiere encender de entrada por los mimos de malcrío que vos le hiciste. ¿Sabés qué dijo hoy? Que "extraña tu colita" (sic).

Todavía me parece mentira que hayas estado aquí y tampoco puedo repensarlo y recordarlo. ¿Te acordás de la esquina de amor que hicimos en Yerbal, Caracas y La Mansión? Algún día voy a escribir sobre todo lo vivido en esas dos semanas.

Faltan 55 días para nuestro encuentro en Nueva York. Será el sábado 17 de junio, ¿no? Una semana antes del 25.

Estas breves líneas que duplicaré porque son importantes: quedan en el Diario y van por carta.

Flacso se muda el 15 de mayo pero todavía no sabemos si a Congreso o a Belgrano. Como entre que esta carta llegue y la tuya contestándola pasarán tal vez unos quince o veinte días, va este aviso por las dudas. Cuando estemos instalados te pasaré nueva dirección y teléfonos de Flacso.

Otro tema para el infarto del embajador: itinerario para después de Nueva York en junio. Yo quiero festejar mi cumple con vos en Atenas. Ergo, propongo: 1 al 7 de septiembre en Madrid; 7 al 10 en Barcelona; 10 al 15 en París; 15 al 26 en Grecia; 27 al 30 en Nueva York.

Lo de junio podremos cumplirlo desde el sábado 17 hasta el 27: los diez días se los pediré también al embajador, para eso es mi amigo. Oportunamente. Claro está, después vendrá el pedido de septiembre entero para concretar. Si en octubre, cumplido nuestro primer año, no nos casamos, después de tamaño itinerario europeo-griego, yo no sé qué te hago... pero mientras tanto, ¿quién nos quitará lo vivido? Lo bebido, lo bailado, ¿quién, mi amor, quién?

PS: te agrego foto con mi padre en La Mansión: decime si te llegó y no la pierdas.

Carta de Florencia, fechada el 21 de abril

En un rapto de locura terminé de leer Los Grandes anoche; me moría de impaciencia.

Ayer, al fin, hice algo por el departamento (te lo anuncié en mi carta del 20). Cambié las cerraduras y arreglé una canilla que perdía agua (esto último fue un debut de plomera). El inquilino me mandó llamar, para decirme que en el fin de semana se comunicará conmigo, lo que no es una garantía. En todo caso, tengo por lo menos el "control" de la casa nuevamente (llaves...).

Hoy recibí toda la correspondencia vieja (parece que se han tomado el cuidado de guardarla en manos de "alto nivel"). También las cintas y la carta horrenda...

Como estaba escrito, el personaje apareció durante mi viaje y después. Tuvimos una larga conversación y puedo decirte que me siento tranquila. Día a día pienso en todo lo que me has dicho, en mis razones y creo que mi pasado comienza a pesar menos. Te cuento estas cosas, pues para mí es una necesidad doble: por ti y por mí. Quiero que estés enterado de todos mis pasos, y, también porque eres depositario de cosas muy importantes de mi vida, tengo una fuerte necesidad de confiarme en ti. Estoy manejando la situación con esa serenidad que me faltó una vez, y día a día acrecienta tu recuerdo, nuestros días, la maravilla de tu ser.

Muy intensamente, F

1:30 a.m. No consigo papel de cartas, y recurro a "sobrantes" de trabajos de mis alumnos. Tengo necesidad de conversar contigo.

Me traje las cartas "horrendas", que leí con algo de bronca aunque por momentos me divertía tu rabia por mi incoherencia. Volví a recordar con preocupación tus dolores de cabeza: ¿qué ha pasado? ¿volvieron?

Esta tarde fui a merendar con Zulema, una compañera de la Embajada y buena amiga. Nos divertimos mucho conversando y afortunadamente pude distraerla de su tristeza por la muerte de su padre. La pasé realmente bien. Luego, fui a buscar otras amigas, que estaban invitadas a casa de Marianella y William, donde estuve hasta hace poco.

Dime por favor que te sientes bien, que no tienes ningún dolor que te dañe.

Federico, el bebé de Marianella, está demasiado bello. Ya casi había olvidado detalles de los niños de esa edad. ¡Es tan dulce! Tan pequeñito.

Mañana pienso dedicarme a arreglar mi cuarto, que está totalmente revuelto. Duermo prácticamente sepultada; el pobre Bobby tampoco tiene sus lugares libres. Además, creo que debo ser drástica con mi colección de papeles y trabajos de mi época de profesora.

Hoy rompí la dieta (que he hecho muy seriamente). Estar gorda me pone muy mal: me odio.

Hace rato, cuando venía en mi carro, pensé en cosas nuestras y tenía deseos. Ahora ya se me pasó, tal vez porque tengo sueño, mucho sueñito... Un beso.

Me levanté temprano, pues mi inquilino me llamó por teléfono ¡al fin! En la semana nos veremos para llegar a un acuerdo. Después, salí con Trigal, Ana Hilda y Gladys y luego de algunos trámites de ellas, fui a mi departamento y tuve que montarme en el techo del comedor, pues se había tapado una cañería y había como mil litros de agua empozados. Dejamos a Gladys en su casa y fuimos las tres a almorzar con Luis. Lo pasamos muy bien.

Son casi las nueve de la noche. Hay una luna preciosa sobre un cielo muy despejado. ¿La estarás viendo también?

Siendo domingo, era inevitable jugar a las cartas. Al principio gané bastante (¿qué estabas haciendo?). Luego, para mi tranquilidad, perdí.

Descubrí esta noche algo horrendo: ¡tengo 5 kg de más! (No quería pesarme, pero Ana Hilda me obligó.) Mañana voy a comenzar a caminar temprano, además de darme masajes, tomar pastillas para quemar grasas, ayunar, etc. Para la semana entrante debo tener 2 kg menos, o me va a dar un ataque.

Estoy muy preocupada pues no sé de ti desde hace varios días. ¿Cómo estás? F.

Domingo 23

Son las 19:30 y una Luna llena da al río. Pienso en vos y quiero hablarte y tocarte a través de la Luna. Pasé un domingo triste, recordando lo lindo que había sido el anterior con nuestro almuerzo en Midi... Mañana hace una semana que te fuiste y ya parece un mes o un año; realmente no sé cuánto hace que te fuiste pero es una enormidad. Estas separaciones son muy jodidas y una cosa es comprender pero otra aceptar. ¿Cuándo te darás cuenta vos de que quien da, siempre dará, y quien quita siempre quitará? Ayer pasé desde las diez de la mañana hasta las seis de la tarde con Jorge sacando las fotos para el libro. Hicimos 30 y ahora habrá que elegir 10 o 15, cosa que quisiera hacer con vos. ¿Y tus fotos? Quisiera publicar el libro para octubre a más tardar pero necesito tus fotos y tu prólogo. En cuanto esté todo listo hablaré con Monte Avila allá u otra editorial aquí. A mediodía almorcé (el sábado) con Jorge en el 55, y allí hicimos dos o tres tomas. Estuvimos en la terraza del Sheraton, en la terraza misma que no tiene baranda, con un viento que volábamos. Si salen las fotos tal cual las concebimos, serán extraordinarias. Todo ello me tuvo el sábado puesto enteramente en vos. Por la noche invité a dos amigas al cine y a comer luego. Una de ellas es la mujer de Augusto Bonardo, uno de los mejores conductores de TV y radio aquí, que está en Puerto Rico, pero pronto a volver. Ella fue muy buena cantante de jazz en su juventud; la otra es la ex mujer de un diplomático. Obviamente son amigas-amigas mías. Pero no las llevé a pesar de ello a comer a ninguno de NUESTROS LUGARES, que ahora son tabú, salvo para comer en ellos con amigos. Vimos un film de Mónica Vitti: Teresa, ladrona, y luego comimos en el "Rio Bamba", viejo restaurante de Santa Fe y Río Bamba. Las dejé en sus casas y a las 2 am estaba leyendo y pensando en vos. Ayer por la tarde, cuando me despedí de Jorge, quise ver la pelea por TV pero no la transmitían (Corro vs. R. Valdez). La escuché por radio y me llevé la sorpresa del año con el inesperado triunfo de Corro sobre un Valdéz evidentemente muy disminuido. ¿Te enteraste? Hoy hice gimnasia y almorcé solo con mi hijo mayor. Los otros salieron. Hablé por teléfono con algunos amigos y leí toda la tarde. Sólo espero que pasen rápido los días para llegar a Nueva York y quiero además tener noticias tuyas, cartas. ¿Qué hiciste hoy? ¿Jugaste a las cartas en los Geranios, en lo de Pina? ¿A quién ves? ¿Qué dicen en la embajada de tu viaje? ¿Qué dice el padre Baque, Christian, Ana Hilda, etc.? ¿Y vos qué decís?

Lunes 24

Acabo de volver a la oficina: son las 19:15. Tenía el presentimiento de una comunicación tuya, tal vez porque se cumplía una semana desde tu partida y yo pensaba tanto en vos... Al llegar me avisaron de tu llamado y casi me muero, pero resucité para esperar recibirlo a la media hora. Ahora espero que vuelvas a llamar. Es que ya se ha hecho tan largo el tiempo desde que te fuiste. Pienso que faltan siete semanas más para verte y se me hacen un infierno. Fijate que salí y no pensaba volver a Flacso, y sin embargo volví, no sé bien por qué... seguramente para "hablar con vos". Después te cuento... si hablamos. Son las 20:20 y nada. Yo llamé a lo de Pina y no estabas allí ¿desde dónde me llamaste entonces? Estoy intrigado y no sé qué hacer. ¿Te pasará algo? Yo no creo que me llames hoy. Tal vez intente yo hacerlo mañana por la mañana. Son un desastre el correo y el teléfono, sobre todo con la necesidad de comunicarnos que tenemos nosotros, por lo menos, que yo tengo de comunicarme con vos.

Martes 25

Son las nueve de la mañana y tampoco puedo comunicarme con vos. Esto me ha puesto mal. Es que tengo todos los días decenas de cosas que contarte, que comentar con vos, que leer juntos. Escuchar juntos, ver juntos, aparte de toda la necesidad amorosa de verte y tenerte. El nivel de nuestra conversación o de nuestro silencio cuando estamos juntos, es el entendimiento y la inmediatez. Alguna vez vos me preguntaste por la tarde algo referente a lo conversado en la mañana, y aunque la pregunta pudiera haber sido ambigua y presentado dudas, sobre a cual conversación o tema se refería, yo te contesté sin dudar a tu verdadera pregunta. Lo mismo ha pasado a la inversa. Es decir, tenemos una comunicación total. Ahora yo quiero formularte una pregunta, y con buena suerte debo esperar más de 20 días para obtener tu respuesta, lo cual es un horror. A mí me hace mal porque yo gasté toda mi cuota de frustración durante mi infancia y adolescencia. Y todavía faltan unos 50 días para volver a verte en condiciones normales. Aunque no te pida definiciones ni decisiones definitivas, ni institucionales (me da miedo que te dé miedo, y aparezca entonces cualquier interferencia, en cualquier de sus formas, como la vez pasada), sí te pido que tomes en cuenta que cuando dos seres se quieren y se necesitan y pueden estar como estuvimos nosotros en Buenos Aires, tienen que vivir juntos sin límites de tiempo: un mes, un año, diez, lo que sea o lo que dure, toda la vida tal vez. Además, esto de esperar no se compadece con mi personalidad antipasiva.

Esperar me desdibuja. Sobre todo esperar con estas dificultades de comunicación que hay entre Caracas y Buenos Aires para gente ansiosa como yo. Y esperar no 15 días ¡sino 50 o 60! Son las nueve y media de la mañana. Pedí para las nueve para ubicarte en lo de Pina, pero ya no será posible, ¿ves?

Ahora son las 12:20, sigo esperando el 781 2578. Retomo la carta a las 14: fui a buscar nuestras fotos. Algunas salieron lindas, por lo menos son un buen recuerdo de días maravillosos aunque no sean superfotos, que es lo que menos importa. Te las enviaré por Correo Diplomático junto con otros envíos.

Son las 15: volví a pedir Caracas.

15:30, logré con lo de la Pina y no estabas.

¡Me voy a morir de angustia!

Miércoles 26

Mi amor: al fin hablamos por teléfono después de dos días de esperar y desencuentros. Tenés tiempo de sobra para arreglar todas tus cosas antes de vernos en Nueva York, ya que calculo estaremos allí a mediados de junio, entre el 15 y 17. Si podemos adelantar, mejor, y si yo puedo viajar a Panamá en el ínterin podremos arreglar personalmente muchas cosas. Arreglá lo del departamento y lo del auto, que son las cosas principales. Yo no me he echado atrás vida mía; lo que ocurre es que no quiero que pase lo de la vez anterior, a la vuelta de Oriente. No quiero que cuando las cosas estén cerca, te asustes, te espantes, te sientas ahogada y vuelvas a fantasear con las "interferencias". Non *bis in idem* (no dos veces la misma cosa, por favor). Además, puede ser lógico y normal que llegando al final del camino, después de muchas frustraciones anteriores, te asustes un "poquitico", pero no tenés que tomártelo a lo trágico, y tampoco me lo tomaré yo de ese modo, si es que eventualmente volviera a ocurrir, cosa que no creo esta vez. Pero entendeme: no es echarse atrás pedirte que estés conmigo de cualquier modo y por cualquier tiempo, así todos los días… así se hacen años todos los días… casi sin darse uno cuenta… ¿No te parece? Y te asusta menos. Porque no quiero que nos veamos 15 días para pasar luego dos meses sin vernos después de Nueva York, para esperar después vernos en septiembre por un mes en Europa ¿y luego? Sería bueno tener todo listo en NY para quedarnos allí o volver a Buenos Aires juntos, previo paso o no por Caracas. Aquí yo puedo arreglar las cosas materiales muy rápidamente, pero ocurre que no quiero tomar medidas hasta no saber que cuento con vos y saber también si nos quedamos aquí o trabajaré en NY, cosa que estará madura sino para junio, para antes de septiembre. Pero así y todo, podríamos tomar un departamento en Buenos Aires algo más grande que el pequeño de ahora, por tres meses (julio-agosto-septiembre), y si nos quedamos, pasar a algo más definitivo, o irnos a Nueva York, lo cual no nos dará ninguna pena, a pesar de los buenos amigos que dejemos aquí.

Resolvé bien todas tus cosas y confiá en mí y en mi amor. Sabés que soy un tipo difícil pero muy fácil con vos... ¿no?

Además, te deseo mucho.

Carta de Florencia, fechada el 26 de abril

¡Al fin pude oírte! Tenía ataques horrendos, pues yo también estoy ansiosa. Resumen: lunes 24, fui con María Parra a mi departamento, se lo ofrecí mientras lo alquilo, pues ha tenido problemas en la casa donde vivía. Como quedó enloquecida (el lugar es precioso), decidimos hacer un brindis por su "mudanza" y por mi viaje a Buenos Aires. Desde allí mismo te llamé, pues te extrañaba y además la última carta que me enviaste (antes del viaje) me puso muy mal (por tu salud). Me entristeció mucho no encontrarte y ya después fue imposible lograr comunicación. Martes 25: pagué el teléfono del departamento y fui hasta allá con una señora que trabaja en alquileres para mostrárselo (hay un decreto nuevo del imbécil del presidente Carlos Andrés, que me traba absolutamente las posibilidades; no te lo explico porque es aburrido). A las seis, estuve en lo Mr. Marshall donde lo pasé muy bien, con mis clases de inglés, como siempre. Volví a la casa enloquecida, pues durante esa tarde no solamente intenté comunicarme contigo, sino que me dijeron que tú habías llamado. Esperé hasta las 11, muerta de sueño. Esta mañana me levanté muy temprano para ir a correr y luego de todos los tratamientos para adelgazar, traté de llamarte nuevamente. Nada. Hace unos minutos, el milagro...

Mis planes son los siguientes: pedir la liquidación en la Embaja-
da, vender mi carro, arreglar las deudas y tratar de que mi inquilino
me pague. Quisiera tener todo listo para junio, pues pienso que es
mejor no seguir dándole vueltas a esta historia, de forma que yo sólo
tuviera que preparar las maletas e irme.

En cuanto al departamento, Esteban quiere alquilarlo (con una
fianza muy buena) pues se le vence el contrato del lugar donde
vive. Si fuera así, tendría problemas con los muebles míos, pues lo
quisiera vacío. No sé si te gustaría que yo me los llevase a Buenos
Aires, pues así nos evitaríamos un gasto grande. De todas formas,
quiero que tú lo decidas. Incluso, yo tengo algunas cosas para la
casa que tal vez podríamos utilizar (vajillas y copas, etc.). Supongo
que como son cosas usadas, no habrá problema en la Aduana.

En cuanto a la Embajada, te dije por teléfono la intención de
proponer a María Parra. Si es así, vendría un tiempo a empa-
parse del movimiento del Departamento Cultural. Para solicitar
la liquidación debo ir al Ministerio de Trabajo donde me dan el
monto y todo eso tengo que dárselo al embajador para que lo mande
a Cancillería, donde dará vueltas durante años. Con ese dinero,
abonaré la última cuota del famoso departamento, quedando sólo
por pagar las mensualidades deducibles del alquiler. Con el dinero
de la venta del carro, pagaré deudas pendientes. Si el inquilino me
abona algo, estoy salvada.

Como te expliqué por teléfono, me estoy moviendo para lo del
prólogo y las fotos del libro. Ya hablé con la mujer de Calzadilla
y quedamos en vernos esta semana para darle el libro: afortuna-
damente me acaban de entregar una carta tuya con el prólogo del
Tuco y así le entrego todo completo.

El consejero me acaba de llamar y me regañó, como lo haría con
una nativa de la época colonial. Lo desprecio mucho.

En medio de los dramas oficinescos recibí tu carta del 17-18. Te
la comentaré toda para que no protestes...

En el aeropuerto yo también estaba triste, pero todo lo anterior
había sido tan lindo (incluyendo esa parada que hicimos en la
carretera para hacer el amor en un hotel antes de llegar a Ezeiza)
que me refugié en eso y ahí me quedé tranquila, sin moverme casi.
¿Crees de verdad que soy muy cara?

Por dentro estoy muy bien; algo te adelanté por teléfono y por una carta que despaché la semana pasada. Mi encuentro con el personaje lo asumí muy bien (no ha vuelto a aparecer). Me parece que transcurrieron siglos de esa relación; miro hacia adelante sin que me dañe el pasado. Quedó atrás.

¿Cómo andan tus líos "familiares"?

Estoy feliz con los dos kilos que perdí, a costa de grandes sacrificios: me levanto a las 6:30 y doy dos vueltas a la manzana, trotando. Después, me doy un baño y masajes con unas cosas de hiedra y también una loción para endurecer. Tomo agua en cantidades industriales. Me desayuno con una rueda de pan tostado y café, almuerzo una pechuga de pollo y ensalada (a veces un poquito de requesón o ricota) y en la noche como galletas de soda y un yogurt. ¿Qué te parece?

Acabo de hablar con Carmencita. Almorzaremos juntas. Te puedes imaginar lo feliz que se pondrá cuando le diga todo lo que nos pasa: ella era "ferviente defensora" tuya.

Lo de Luis es bastante feo, pues el tumor está ubicado en una zona entre los pulmones, el corazón, la tráquea, etc., que se llama mediastino. Puedes imaginarte cómo está Ana Hilda, sobre todo por su situación que la coloca en un plano absolutamente marginal. Todos estamos muy preocupados.

Insisto: ¿crees de verdad que soy muy cara?

Si soy un poco repetitiva (no por la línea de arriba...) es porque quiero contarte todo y tengo miedo de olvidarme.

Hablé con una chica del Consulado, pues de pronto se me ocurrió que yo voy a tener problemas con la visa ¡auxilio! En Argentina yo nunca voy a ser familia tuya; tampoco puedo ir como estudiante...

Muérete que una amiga, cuando vio el osito, preguntó ¿este es el que canta feliz cumpleaños? Yo le dije que no decía absolutamente nada... ¡me dio tanta vergüenza! (parece que hay ositos que saben cantar). Pero lo adoro igual. Carlota le pone la mano encima y lo muerde, como rascándolo; le encantan las orejas. Vos dirías la pata y no la mano.

Te mando un beso muy especial en el hombro, como los que te gustaban cuando hacíamos el amor... Te extraño.

F

Me llegó recién tu carta fechada el jueves 20, empezada el lunes 17 y con noticias de hasta el miércoles 19. ¡El accidente de Ana Hilda y su ojo! Le pasa de todo a la pobre. Un poco de buena literatura en la descripción de Caracas gris y las chicharras... Tus actividades de "turquita" etc. Y la posibilidad de encargarme *bijouteries*, que es lo único que me faltaba ¡Ya me imagino el cargamento con el cual voy a tener que ir a Nueva York! Salvo que te decidas quedarte conmigo o acompañarme a Buenos Aires, pero tu idea del 20 no es (digo la de seguir vendiendo en Caracas) la que me transmitiste por teléfono ayer, mi vida... yo asumo la última que es la que siempre tiene más vigencia. De modo tal, a NY sólo llevaré cosas para tu uso personal, "turquita". Hoy me visitaron los pintores Eduardo Mc y Carlos Salatino. Te envían saludos. Salatino tiene un varón de su segundo matrimonio y está muy feliz. Me encontré con Hugo Guerrero y su mujer: ¿te acordás de ellos? Que no salieron al fin con nosotros ese primer día mío en Caracas. Pues siguen juntos y ella está esperando un bebé desde hace tres meses. Les conté del libro, y me esperan cualquier día de estos para tomar un trago. Como él volvió a la radio, yo te aseguro que en cuanto lea el libro va a leérselo a sus quinientos mil oyentes enterito y varias veces. Ya te contaré. Tengo los dos tomos de la colección de la revista *Salimos* y los números sueltos que faltan, pero deberé enviarlos por Correo Diplomático. ¿De verdad todavía los necesitás? ¿Hasta cuándo mi amor? ¿No te falta poquitico ya? De mi viaje a Panamá no hay noticias todavía porque mi jefe y amigo viene para aquí desde Europa el 5 de mayo y entonces recién conversaremos sobre Panamá. También creo que deberé ir con él a Bolivia durante la última semana de mayo por cinco días. En cuanto tenga viaje te llamo y te cuento. Después de hablar con vos ayer me serené. Amor apasionado y sereno a la vez. Con muchos deseos y ¡tanta ganas de verte y tenerte para siempre!

Sigo tejiendo proyectos para Buenos Aires o Nueva York y manteniendo un buen equilibrio total. Te extraño realmente mucho y los días que estuvimos juntos me dieron la pauta de lo bien que podemos estar. Deseo ir viendo cómo vas arreglando todas tus cosas por allá para que cuando nos encontremos en junio estés libre de problemas y puedas decidir con libertad lo que más quieras. Vos ya sabés lo que yo quiero. ¿Usaremos la alfombrita? Yo también compré cositas para la casa que vos guardaste, ¿te acordás? ¿Y en la embajada ya saben de nuestros proyectos? ¿Mi amigo el embajador está intrigado? Contame de tus charlas con María, Carmencita, Christian y el simpático e inteligente padre jesuita Baque...

Acabo de recibir tu inesperado y tan lindo llamado de las seis y media de la tarde (hora de aquí), ya con poca luz. ¡Qué lindo! Y vos tan embalada que no lo puedo creer. Mi vida: de todo lo legal me ocuparé yo, pero ya lo llamé después de cortar, al señor que se ocupa de nuestro casamiento, y mañana pasaré por su estudio y él me dará el formulario que vos tendrás que firmar simplemente como si estuvieses aquí: no es necesario otro trámite. Es un poder que le das a él como lo hubieras hecho en Buenos Aires cuando yo te lo pedí. De tal modo, no tendrás otro trámite que enviármelo enseguida y con eso nos casamos vía México. Entendeme: yo no me animé a insistir en Buenos Aires con la firma del poder porque no te veía entusiasmada con la idea. Sólo me parecía una actitud complaciente, pero no me parecía auténtica en el sentido de que tuvieras ganas. Claro está que habríamos ganado mucho tiempo, pero ahora me lo pedís vos y yo me siento mucho más tranquilo.

En cuanto a que mis cartas son frías, las repasé y no me parecen nada frías. Por lo menos son mucho menos frías que la tuya del 20 en la que me guardás en un rinconcito ¡y esa es toda la frase de amor de una carta de tres días! Y yo hasta fotos que te gustan te envío. Como dirían mis tías "¡qué tupé que tenés!". Seguro que dijiste lo de frías de puro chanta porque estaban tus amigas delante!

Mañana sigo con estas líneas, mi amor, loquita.

Viernes 28: como dicen los gallegos, "antes de hablar, voy a decir unas palabras". Mi vida: recibí tu carta del 21 con la aparición del personaje y tu nueva serenidad. Te agradezco la carta, la serenidad y tu necesidad entregada confiando en mí. También, y mucho, tu intensidad. Creo que es hasta ahora, la carta más importante que recibí de vos.

Son las 16:50. A las 16 te llamé desde cabina pública a lo de Pina y me dijeron que estarías en tu trabajo. Llamé al departamento y no estabas; entonces llamé al 781 y alguien atendió que no sé quién es, pero dijo que trabajabas por la mañana. ¿Dónde estabas mi amor? No tengo más dónde probar. Intentaré desde Flacso pero las líneas están muy mal.

PODER: no tenés que hacer ningún trámite en el Consulado. Te envío dos juegos: uno a la Embajada y otro a lo de Pina. INSTRUCCIONES Y ACLARACIONES: como verás, tenés que llenar como yo, dos formularios de datos. Y también firmar a mi lado los dos ejemplares de los poderes adjuntos. Sólo tu firma, sin llenar los poderes, ya que luego los cubrirán con los datos del formulario respectivo. Tampoco pongas fecha en el poder. Luego de cumplidos los dos formularios y firmados los dos poderes, envialos de este modo (por si uno se pierde): como supongo podrás hacerlo antes del 15 de mayo, todavía me podés escribir a Flacso ya que nos mudaremos a fin de mayo (todavía no sabemos exactamente a cual de tres oficinas vistas). Si lo hacés después del 15 de mayo: al pequeño departamento que tomé con muebles y ya tenés la dirección.

ACLARACIONES: decidí Paraguay en lugar de México por recomendación del Estudio mismo y por la experiencia más reciente de amigos míos, entre ellos el de un embajador amigo que se acaba de casar con una ex funcionaria. Por Paraguay existe la ventaja de que viene el acta de matrimonio legalizada por el Cónsul argentino y luego se la legaliza aquí la Cancillería, entregando también Libreta de Familia, lo cual hace que prácticamente quede reconocido el matrimonio en Argentina a pesar de la ley. Eso facilita infinidad de cosas.

A partir de que me llegue tu poder a mí el trámite tarda 30 días, de modo que envialo a vuelta de correo. Hacé una firma linda y no esa tan chiquititita.

OBJETOS TUYOS: Vida mía: no quiero tabúes ni fetichismos, esto en general. Hay excepciones. Todo lo nuestro es desde nuestra dimensión, nuevo. Hasta nuestros cuerpos. ¿Entendés? Si un objeto llega a joder, se tirará. No quiero obviamente elementos personales del personaje ni sus regalos. Eso debe ser botado.

Si podés alquilar con muebles y lo que sea, porque te conviene en precio, hacelo. De otro modo, vendé lo que no te interese. Lo que quieras mucho para tener con vos, envíalo mientras tanto a depósito o casa amiga. O a lo de Pina (podés inventar que son objetos de Carmencita o lo que se te ocurra). Cuando nos asentemos definitivamente (es decir, o quiero decir, cuando sepamos donde vamos a vivir nuestro primer tiempo: Buenos Aires o Nueva York) decidiremos lo de los muebles, porque a uno u otro lugar, se tratará siempre de una importación con todos los problemas de derivados de toda importación, además del gasto del flete. Por eso habrá que ver tu verdadero interés en tenerlos y el costo, para saber si vale la pena el trámite o no. Eso lo veremos juntos. Pero hay tiempo para decidir eso todavía. Primero hay que terminar el papeleo.

CARACAS: Te pido reflexiones sobre este tema, porque lo nuestro, aún con todas sus dificultades, ha demostrado ser auténtico y fuerte. Nació en Caracas, y no llegó a morir en Caracas porque en tal caso no habría habido tu viaje a Buenos Aires. No fue una resurrección del amor sino un reencuentro, tuyo con vos misma en lo mejor de tu ser, y en lo mejor de mí. Yo no iré a Caracas como en búsqueda de pruebas o como un agente provocador. Sólo iré si es necesario por Flacso y por el libro. Y en ese caso, no seré el desesperado por el temor a la soledad, pero sí supongo ahora que vos querrás estar todo lo que puedas conmigo, si me querés como me querés, así como yo quise estar todo lo que pude con vos en Buenos Aires. También entenderé que no deberé crearte un conflicto familiar, no obstante su poca validez estando tan cerca, tan proclamadamente cerca de una unión total. De todos modos, respeto ese sentimiento hacia los tuyos. Pero fuera de ello, debo suponer que estando como estás conmigo, querrás verme. Si no lo quisieras, no sería el caso de desesperarse como las otras veces, pues no pienso perder más la calma por nada del mundo, pero entiendo que será muy razonable entonces que te "corte el culo" según la expresión venezolana. Quiero creer que todavía tengas ganas de mostrarme el Museo aquel y muchos lugres prometidos, aunque sea después de estar casados, si no antes... De cualquier manera, acepto que te resulte menos conflictivo o más libre que nos veamos en Panamá o lugar similar. Te reitero que no iré a Caracas salvo fuerza mayor, pero sólo como contribución al cuidado de este plantita (¿matita?) que es lo nuestro, por mera complacencia a vos, y no por convicción. Te beso.

Nota al margen: Como he notado que a vos te hablan en Caracas mucho más de mí (la colonia argentina) que a mí en Buenos Aires de vos (ausencia de colonia venezolana), te ruego que no creas ni lo bueno ni lo malo. Sólo vos personalmente podrás valorar todo lo bueno y lo malo que tengo o que soy. Ya volveré sobre este tema, mi amor. ¿Sabés que te adoro? ¿Y que te deseo?

Carta de Florencia

Toda la alegría que sentí por la llamada de ayer se vio momentáneamente "interrumpida" por la aparición telefónica del personaje. Es como si presintiera siempre cuando me vuelco hacia delante. Una larga conversación, con grandes recriminaciones de su parte; tocó temas difíciles... Me hizo sentir bastante mal —no en cuanto a nuestra relación, se entiende— porque se dedicó a remover cosas que fueron importantes para mí. Afortunadamente estoy tan llena de ti, que solo siento un profundo cansancio y un poco de resentimiento. Nada más. Ayer, después que hablé contigo, me moría de risa, pues Carmencita te felicitó y tú seguramente sabías por qué. Hoy almuerzo con ella y Baque, en un restaurante lindísimo que inauguraron hace poco. Recibí tu carta con la foto. Un millón. La lista de las fotografías coincide más o menos con la que le di a Jorge Vall. Tal vez consiga tomar una foto de la Belle Epoque dentro, que se vería más linda. Pensaba viajar a Curacao con mi amiga Carmencita este fin de semana, pues quería invitarme para celebrar su matrimonio y el mío; lamentablemente se juntó el feriado del 1° de mayo y fue imposible conseguir vuelo.

Te quiero, F

Abril 29

Son las 21:15 y estoy por ir a ver "Barrio Bohemio" con una pareja amiga. Es un film sobre los años 50 en el *Greenwich Village* de Nueva York (como un anticipo de viaje). Ayer finalmente te ubiqué, mi amor, llegando a lo de Pina después de tu almuerzo con Baque y Carmencita, con calor y rascadita. Ahora, dejá ya de rascarte y esperá para hacerlo conmigo. ¿Por qué dirán ustedes en Venezuela "rascarse" por estar algo pasado de copas?

Anoche tuve la comida con mis amigos en ese lugar vasco de Rincón y Venezuela (no es muy bueno). Las rabas no estaban como las de Mar del Plata... nada que ver. Eran duras. Charlamos mucho y les leí el libro, los poemas. Se quedaron fascinados con los poemas y obviamente con vos. Terminamos a las tres y media de la mañana tomando café en un boliche, un simple bar de la Avenida de Mayo. Esta mañana fui al club y almorcé solo. He leído todo el día. Estoy con *Psicología de la sensibilidad* de Burloud. Mañana iré al club si no voy a una quinta de amigos. Leeré y tal vez por la noche vaya a lo de Archi. Pienso mucho en vos. Te extraño horrores y no me lanzo al teléfono porque si no, entramos en la locura telefónica y a esta altura, cuando todavía faltan 45 días para NY, salvo viaje previo a tu zona, vamos a gastar un montón de dinero que necesitaremos para nuestros planes futuro-inmediatos. Además, y esto es lo más importante, las llamadas telefónicas me ponen muy ansioso por la incertidumbre de encontrarte o no cada vez que te llamo. Realmente me pongo muy ansioso y no puedo hacer nada hasta que consigo, malhumor aparte. Por ello, he resuelto llamarte para transmitirte cosas muy importantes o que requieran tu conocimiento inmediato. Además, el teléfono a larga distancia impide una comunicación fluida. La de ayer, me daba rabia porque no podías hablar con libertad, y eso de que cuando yo te mando un beso me digas "igual" me mata!

En cuanto a tu insistencia de que mis cartas no son tiernas: mi amor, tenés que comprender que yo no me he repuesto todavía de la experiencia del poco resultado que tuvieron, por lo menos, en principio, mis tiernas cartas mientras estabas en Oriente. Y también las que precedieron mi viaje de febrero, aunque luego todo remontara como ahora, con una revalidación de toda la relación, lo cual incluye también dichas cartas. Pero es la cosa de sentir que escribo un poco en el aire, con cierto temor, y con la seguridad de la tardanza de la recepción y sobre todo de la respuesta. Por eso apelé a los poemas. Ahora tengo otro libro en la cabeza, también para vos, pero tiene que ir creciendo por dentro. Seguiré esta carta mañana.

Domingo: el film de anoche es muy bueno. En inglés se llama *Next stop, Greenwich Village*. Trabaja Shelley Winters, que está estupenda. La música, y el escenario neoyorkino me hizo dar un ataque de vos y de Nueva York, y de las dos cosas juntas y ganas de verte ya y de estar los dos caminando por Manhattan. He descubierto que mis dolores de cabeza se deben seguramente a desearte y no tenerte. Ayer me dolió un poco la cabeza y esta tarde también me duele. Por la mañana fui al club y luego almorcé en un restaurante llamado Zurich al que vamos a ir juntos, ya que tiene una mesa de fiambres y una repostería buenísimas. Te recuerdo, te pienso y necesito todo el día, pero cuando como con amigos o con mis hijos, te extraño mucho más, porque comer y beber con vos, compartir esas cosas con vos, es como una fiesta, realmente una fiesta. Implica algo tan completo, con nuestra charla que se va degranando a lo largo de los tragos o de los platos, y luego el deseo de estar muy juntos y solos... Leí toda la tarde. Me muero de ganas de llamarte pero al mismo tiempo me desespera la ansiedad que ello me despiertan los feriados y domingos: son horribles sin vos. ¿Cuándo terminaremos estas soledades? Estoy harto ya. Quiero tenerte todos los días a mi lado y para siempre, como cuando estuviste aquí en Buenos Aires. ¿No lo pasamos los dos acaso mucho mejor que solos, a tanta distancia, extrañándonos, escribiéndonos? Fantaseo con los domingos a tu lado, saliendo o en casa, escribiendo o leyendo juntos, o cada uno en sus cosas, suspendiendo de pronto todo para besarnos o hacer el amor, o escuchar música: ¿querés más gerundios?

Lunes: evidentemente ¡NO TENGO CARÁCTER! Te llamé esta mañana. No daba más. Te quiero tanto. Tengo tantas ganas de estar con vos, de tenerte para siempre a mi lado, como durante tu estada aquí. Así, todos los días, viviendo día a día nuestras vidas en una, y nuestro único y exclusivo amor.

Son las 21:30: ¡Volví a llamarte!

¿De verdad vamos a poner un lindo espejo en el dormitorio? Tenemos que volver a Mar del Plata y a nuestros lugares cuando estés aquí conmigo para siempre. Hará frío. Tendrás que abrigarte, pero estaremos juntos y nos daremos nuestro calor. Te beso toda. Ya sabés cómo te beso y todo lo que te pido. Y te voy a pedir mucho más todavía y voy a darte mucho más.

Carta de Florencia, fechada el 1° de mayo

Hace más de una hora conversamos por teléfono. Me hizo tan feliz tu lla-mada... Lo único que lamenté fue la presencia de mi tía María –especie de esponja–, que no deja de incomodarme. Ayer la pasamos muy bien en Los Geranios. Invité a María Parra (no sé si te conté que vive en el departa-mento mientras lo alquilo). También estuvo Ana Hilda, una pareja amiga de la casa, y William con su gente.

Lo de Carlota fue temprano en la tarde. Por supuesto, tuve una especie de desmayo como las mujeres antiguas y lloré un poquito. El diente me lo clavó en el párpado y sabes que esa zona, aparte de sensible, sangra mucho. Hoy amanecí con el ojo morado (estoy preciosa).

Yo también te extraño mucho. Cuento los días para verte nuevamente, aunque todo lo que tengo pendiente por arreglar me preocupa. De todas formas, este fin de semana me deshice de papeles del Colegio y comen-cé a clasificar las cosas que quiero llevar conmigo, principalmente para la casa.

Todo esto parece un sueño.

En la casa ya he dicho algo de nuestros planes. Mi mamá y mis her-manas están muy contentas. De todas formas, y aunque ya saben que nos casamos por poder, el viaje a NY quedaría como una especie de "luna de miel".

Son las 11:30 p.m. Acabo de llegar a la casa totalmente agotada. Pinté varias paredes (3 y media) y arreglé una puerta. Mañana tengo un día super-complicado con muchos trámites de banco. Muérete que Carmen-cita me prestó 5.000 bolívares que espero devolvérselos con el dinero de la venta del carro.

Sigo pensando que va a ser útil que me lleve los muebles a Buenos Aires. Son 5 módulos de una tela suiza color blanco, con base de madera (hay un dibujo) Dos mesas de madera, preciosas (otro dibujo).

Allá deben ser muy costosas.

Posiblemente trate de vender la vajilla y me quede con las copas (no estoy muy segura todavía)

Los mosquitos me siguen picando todo el tiempo. Tengo las piernas llenas de ronchas.

Si estuvieras acá, conmigo, te pediría que hicieras unos cariñitos hasta que me quede dormida (sin hacer el amor)... (bueno, podríamos discu-tir esto)

Pienso en ti todo el tiempo.

F

Martes 2 de mayo

Mi amor: mi jefe cambió de plan y estará en Panamá desde el 6 a 10 y luego pasaría a Caracas. Envió cable diciendo que yo esté atento... Le envié un télex pidiéndole claridad e instrucciones precisas. Es posible que disponga que viaje yo a Caracas el 5, 6 u 8 hasta el lunes 15. Ya te avisaré pero de todos modos mi comunicación y yo mismo llegaremos antes que esta carta. Si voy a Caracas, aunque no sea el ideal, podré de todos modos verte y acortaremos la separación. Creo que podrá ser distinto a las últimas veces desde todo punto de vista. Dejaré que me veas lo que quieras y puedas. Yo, por mi parte, sabés que querré y podré.

Estoy leyendo un libro estupendo: *Información, sistemas y psicoanálisis* (un enfoque biológico evolutivo de la teoría psicoanalítica). Consiste en una evaluación crítica de la teoría psicoanalítica actual y señala su naturaleza fundamentalmente anacrónica y la necesidad de una reformulación básica a través de otro marco de referencia para dicha teoría, con raíces en los conceptos de información y de sistemas del siglo XX, y de acuerdo asimismo, con el pensamiento científico contemporáneo. También estoy releyendo después de años *El hombre que calculaba* de Malba Tahan: a eso dedica sus horas libres el ex farrista. Te soy tan fiel que ni yo mismo lo puedo creer, además de tanta gente que ya lo empieza a creer. En cuanto a mi jefe no le he dicho nada todavía porque se le pondrá en claro todo EL TEMA CARACAS, cosa que no me conviene por el momento. Cuando todo sea todo y vos estés conmigo, entonces lo sabrá, pero ya, y dados los resultados la conclusión de la cosa en algo tan importante y permanente, convalidará lo que pasó. Algo así como que el fin justifica los medios, lo cual si bien puede ser repudiable en muchos casos, no lo es precisamente en éste. Por tenerte, volvería a hacer cualquier barbaridad, siempre que el resultado fuese tenerte. Hoy está nublado y fresco. Vuelan los pájaros y vuelan. Yo estoy muy bien, sobre todo después de haber hablado con vos ayer por dos veces y saber que estás bien y que me querés. Estoy deseando que corra el tiempo para Nueva York y para todo. Te adoro y te beso.

Carta de Florencia, fechada el 3 de mayo

Son las 10:30 pm. Estoy muy triste porque me llamaste varias veces y no me encontraste; estuve desde las 4 hasta las 7 en el departamento, pintando. Alrededor de las 5 me dio un ataque y comencé a llamarte, pero tu teléfono ¡siempre ocupado! A un cuarto para las seis abandoné...

Busco unos "plidan" que tú me regalaste y no los encuentro por ningún lado. Toda esta semana he dormido muy mal. (Estoy a punto de tomarme 2 "tranqua pet" que son tranquilizantes para perros). Pienso que puede ser la presión por todas las cosas pendientes (lista interminable), unida al poder que no llega. (hoy recibí tu carta del 26 con la foto del Sheraton), la inminente aparición de tu "amiga" cómplice del Holiday Inn (y de otros encuentros) ¡en fin!... Además, te extraño mucho. Digo tu amiga porque no me gusta la palabra regla. Pero deberíamos cuidarnos todavía.

No sé si ya te comenté que recibí la foto con tu papá. La guardé bien. Tu carta de hoy me gusta mucho. Confío en ti, en tu amor y si tú haces otro tanto construiremos algo verdaderamente hermoso. Yo también tengo deseos.

Quiero que pase el tiempo, poder encontrarnos, y ¿sabés qué? Me encantaría tomarme unos cuantos tragos contigo. Hoy, por ejemplo, me hubieran caído muy bien.

¡Auxilio! Estoy sumamente tensa y no soporto desvelarme, tampoco soporto que tratemos de hablarnos por teléfono y no podamos. Y yo necesito oírte, sabe que estés bien, que me necesitas tanto como yo a ti.

Te abrazo fuerte,

F

PD: todavía tengo el ojo cada vez más negro. Estoy solita con el Osito-bebé.

Te extraño

Miércoles 3 de mayo

Son las 19:30. Intenté hablar con vos al 51 y al 92, NADA. Télex de mi jefe: debo viajar a Caracas y él a Panamá. Desde allí irá a Caracas a reunirse conmigo. No puedo volver a decirle NO. Lo siento querida. Además, lo siento a medias,

porque entre no verte y verte en Caracas, es obvio que prefiero verte, aun en Caracas. Y mi "aun" no es por mí sino
por vos. De cualquier manera, no creo que sea tan grave esta
vez. Me verás lo que quieras dentro de lo que puedas. Ya
sabés cómo soy yo. El de las últimas dos veces en Caracas está
enterrado: no resucitará. Soy el de antes de Panamá y el de
después de Panamá, y el de Buenos Aires. Tratá vos de saber
quién sos vos: si la del 11 de noviembre y la de Buenos Aires
o las "otras". Vos tendrás la iniciativa. Así como vos sacaste
conclusiones en Buenos Aires, sacaré yo mis propias conclusiones en Caracas, y seré justo y objetivo. Cuando un hombre
quiere, quiere en cualquier lado; lo mismo una mujer. Pueden
variar, en razón de circunstancias, las formas de expresión de
ese amor: eso lo puedo entender. Así las cosas: no hay nada
que temer. Hay, sí, que aprovechar este corte del tiempo casi
infinito que nos faltaba para el encuentro en NY: 40 días.
Cuando regrese a Buenos Aires faltarán 25: tiempo de sobra
para los dos para hacer nuestras cosas.

Nosotros nos unimos por lo más sano de los dos y nos
distanciamos por lo más enfermo. Si predomina lo mejor de
nosotros, seguiremos juntos para siempre.

Mayo 22

Querida mía: ya de vuelta de tu Caracas a mi Buenos Aires.
Son las siete y media de la tarde y recién puedo hacerte estas
desordenadas líneas pues esto es un verdadero quilombo de
cajones y mamparas tiradas por el suelo. Ni escritorio tengo.
Por una semana no estaremos ni aquí ni allá... y yo con mil
cosas por hacer, personales y flacsianas. Perdoná lo escueto
y espartano de esta carta. LO MÁS IMPORTANTE: 1) lo vi
al nuestro "agente" y había recibido el poder días atrás... Tal
vez se lo enviaste directamente a él. Vale decir ya todo está en
marcha y tendremos noticias antes de fines de junio. 2) encar-
gué las alianzas y las tendré la próxima semana. 3) itinerario
tentativo hasta nuevo aviso o confirmación, seguramente en
los primeros días de junio: por varias razones (entre ellas *El
Diario*) lo cual verás en copia de carta a ese especial amigo,
convendría lo siguiente: yo viajaría el viernes 16 a Caracas

por A. Argentinas. Estaríamos hasta el martes 20, fecha en que partiríamos por LACSA a las ocho de la mañana a Costa Rica juntos. Allí yo trabajaría (no mucho) hasta el 26, festejando tu cumpleaños el 25 *in situ*. Como el 27, 28 y 29 trabajaré con 15 personas mañana, tarde y noche con mi jefe a la cabeza, vos podrías partir para Nueva York el 26 y pasar esos tres días con tu tía y dedicarte profusamente a las compras locas. Yo viajaría a NY el viernes 30 y vos me esperarías allá con la reserva del hotel ya resuelta y elegida por vos para los dos. Permaneceríamos en NY hasta el viernes 7 o hasta el domingo 9. Yo viajaría Caracas-Buenos Aires el lunes 10 de julio por A. Argentinas, que sale por la noche. Es decir que tendríamos el lunes por la mañana para trámites consulares de tu visa. Y vos te quedarías en Caracas los días que te falten para el resto de tus peroles y el tema visado de residencia, siempre y cuando todo esto no insuma más de quince días, porque si es más, venís de cualquier manera a Buenos Aires. ¡Basta de esperas y demoras! Nuestro agente mandará copia a tu nombre y a la casa de Pina, de la partida de matrimonio en cuanto la tenga. Es decir que cuando regresemos el 7, 8 o 9 a Caracas ya estará en tu casa. Andá reservando tu lugar para el martes 20 en el vuelo de LACSA a San José y el del 26 a Nueva York con regreso a Caracas el viernes 7 de julio o sábado 8 o domingo 9 (tal vez lo mejor sea el 9). Creo que este plan es mejor que el anterior. Lo más lindo para el final, es decir Nueva York y no San José. Todo esto requiere confirmación que te daré seguramente por teléfono después de chequear fechas con mi jefe, que llega mañana por la noche.

El viaje de vuelta: fue bueno pero un señor gordo que tuve a mi lado hinchó todo el tiempo. Compré los perfumes. Te extraño muchísimo y espero ansioso otra vez que corran los días hasta el 16. Te adoro.

En cuanto a tus cartas son muy lindas las cuatro: la del 21/22 a mano, con tu preocupación por mis dolores de cabeza y tus kilitos de más. La del 26 inmensa y a máquina (tres páginas) sobre tu departamento, al fin hablamos por teléfono... tus planes de alquiler, venta coche, dejar la embajada... es decir ¡TODO para ser mía! Carmencita, Baque, tu dieta, ¿si sos cara?, no. Deseos, me extrañás: ¡QUÉ LINDO! La del 28 con la reaparición del personaje. Ya te dije que no me importa lo que él diga o prometa sino lo que vos sientas si aparece. Yo no puedo fundar mi vida futura en su promesa de no aparecer o de no molestar más sino en tu amor por mí y en tu indiferencia ante cualquier eventual aparición, no obstante sus promesas de no molestar más. Lo importante es que aunque quiera molestar no pueda porque vos sos impermeable. Se entiende, no como un robot, sino como un ser humano que prefiere que no la jodan aunque ya no sienta más nada. De cualquier modo es mejor que no aparezca más, pero es más importante tu conducta y tu sentimiento que la conducta o el sentimiento de él.

Y la del primero de mayo a mano y tan linda y cariñosa pidiendo mimos y tal vez permitiéndome deseos, con dibujos de muebles.

Te darás cuenta mi amor que de haber recibido todo esto antes de partir, mi ánimo habría estado más tranquilo... pero al fin todo resultó tan lindo allá que esta mirada retrospectiva hasta de las cartas que preanunciaban tu estado de ánimo, es también maravilloso. Te adoro y te extraño mucho: con mimos, con ternura, con deseos. Perdoná todo este apuro, pero si supieras en medio de la precariedad y el lío en que te escribo, me comprenderías. Llegar de un viaje y encontrarse con esto en vísperas de otro viaje y tan importante, es como para morirse. Vos dirías MUÉRETE, ¿sabés lo que pasó? Llegué y no tenía más oficina... y estaba hasta casado y ella o seas vos, en CARACAS.

Te beso

Carta de Florencia, fechada el 22 de mayo

Mi carta del 20 de mayo es tan incoherente que tuve que romperla. Te contaba un poco de mis andanzas de fin de semana.

Descubrí que soy una excelente electricista. En medio de ataques de risa y un miedo espantoso, la otra noche coloqué 2 lámparas. No lo puedo creer. Sigo trabajando en el departamento todas las tardes. Trato de completar un buen programa diario de actividades, pues el tiempo —para estas cosas— pasa muy rápidamente.

Hoy quise hablarte, pero me pasaron la comunicación muy tarde y ya te habías ido.

Muérete que voy a tener que hacer tarjetas de participación para complacer un clima de inquietud familiar que amenaza con romperme los nervios: "una muchacha de buena familia no puede... etc." (si quieres, le mando una a tus tías...).

Me haces una falta enorme, pero me alivia saber que falta poco para vernos y que este tiempo me permite adelantar cosas.

Mañana almuerzo con mis alumnas y en la noche ceno con Maribel Ferrer (compañera del viaje a Oriente). El calor es totalmente insoportable, aún de noche. Esta tarde en el tráfico, oyendo música barroca, pensaba que Vivaldi tendría que vivir este clima y modificar totalmente sus "Estaciones".

Perdona mi locura, también mi carta tan pequeñita. Pero sabes que estoy en ti, añorando nuestros días y pensando en los que vendrán (como en el tango).

F

Martes 23

Estoy con gripe. Jorge también.

Almorzamos juntos en el 55 "Happening".

Tengo 120 pulsaciones y seguramente ¡fiebre! ¿Quién me la toma?

Quiero tenerte a mi lado para siempre, y te juro que no es por la gripe.

Veré a Martha y Miguel el fin de semana si me mejoro.

Te envío artículo de Sábato que te va a gustar.

Te quiero

Carta de Florencia, 23 de mayo

Acabo de leer mi "carpeta de deberes" que me regalaste aquel 11 de noviembre; todas las cartas que escribiste después de ese día y que me alegraron cada mañana. Las extraño.

Pero por sobre todo lo demás, te extraño a ti. Hoy te llamé nuevamente y tampoco estabas. ¿Qué hacías?

Almorcé con mis alumnas: están fascinadas con mi matrimonio, pero se mueren de tristeza de que no las acompañe el día de la graduación.

Cené con Maribel Ferrer —como te decía en mi carta de ayer— y la pasé bien. Conversamos horas.

Te necesito mucho.

Tengo un sueño horrible y sufro pensando que mañana tengo que levantarme temprano.

Mi osito no dice nada. Le cuento todo lo sola que me siento.

¿Mañana podremos hablar?

Estoy agotada por el calor, la actividad y por añorarte tanto y no recibir tu respuesta.

¿Me quieres? ¿De verdad?

F

Miércoles 24 de mayo

Mi amor: sigo con gripe pero tengo ¡tanto que hacer! Mañana espero llamarte. Llegó el jefe y me confirmó fechas de viaje e itinerario. Él viajaría a Caracas el lunes 12 y espera una entrevista con Lauría el 13: te avisarían a vos, por lo cual te ruego, en cuanto sepas, un cable para mí o un llamado. Él se va el viernes 16 a Panamá y te dejará a vos sus noticias para mí que estoy llegando ese mismo viernes 16. Obviamente, no es necesario que te ocupes de él, salvo de sus recados telefónicos y de lo que me deje dicho. Yo le dije que el 19 (lunes) lo veré a Gonzalo Barrios y a dos periodistas, y que el 20 parto a San José de Costa Rica para arreglar la Reunión. A los efectos de mi entrevista con G. Barrios, te envío unas líneas para el embajador: si él no funciona, tengo otra vía. Queda confirmado entonces todo nuestro itinerario: Caracas-San José de Costa Rica-NY-Caracas-Baires.

De todos modos, haceme saber desplazamientos del canciller Consalvi. Hoy Jorge no vino no obstante tener una reunión muy importante con nuestro Jefe: debe tenerlo la gripe muy mal. Yo tengo temperatura y me duele mucho a garganta y la cabeza. ¡Y no te tengo a vos para cuidarme!

Las fotos de Jorge me gustan afectivamente pero no como fotos artísticas. Creo que las voy a hacer repetir por un profesional de *El Diario*. Antes pensaba que era mejor no ser profesional...

El nuevo número de Flacso a partir del lunes 29 de mayo es 771 0978. Tené en cuenta que no tendremos por un tiempo líneas privadas ni aparatos. Solo uno y super público, pero igualmente seré tierno y no te diré "igual". ¿Sabés cómo te quiero?

¡Llegó a Buenos Aires el pintor Víctor Magariños y su mujer! Almorzaré con ellos pasado mañana si la gripe me deja.

CARTA AL EMBAJADOR EN CARACAS

Querido amigo:

No termino de agradecerte todavía todas tus demostraciones de amistad y ya te estoy pidiendo un nuevo favor. Yo llegaré a Caracas el viernes 16 y partiré con Florencia el martes 20 a San José de Costa Rica y luego a Nueva York. Te pediría consideraras la posibilidad de invitar −si ello te resulta diplomáticamente viable y útil− a Gonzalo Barrios a almorzar o cenar en la Residencia, el mismo viernes, sábado o el lunes 19. Él conoce el tema Flacso ya, y me vendría muy bien un mano a mano, ya que Torrijos le ha pedido a Carlos Andrés Pérez que Venezuela adhiera a Flacso, y luego necesitaríamos la aprobación del Congreso. Si no te resulta posible o conveniente, no te preocupes en absoluto.

Un fuerte abrazo para vos y un beso para tu mujer.

Alberto

Jueves 25 de mayo

Se interrumpió el llamado y espero desde hace una hora volver a conectarte, pero el teléfono tuyo 781 2578 da permanentemente ¡ocupado! Esto de los llamados es DESESPE-

RANTE. Desde ayer a las cinco de la tarde estoy intentándolo y esta mañana se oía tan bien y de pronto ese zumbido horrendo que nos cortó la comunicación.

Te di las novedades mías pero me quedé sin saber las tuyas. Quiero saber cómo van tus cosas (nuestras cosas, pero de tu parte). Ahora la operadora pidió al 781 9622 que desocupen el 2578... ¿Qué pasa? ¿Andará mal ahora?

¿Por qué no trancas para que yo te llame, mi amor?

Entre lo mal que me siento por mi gripe y esta espera tan larga me voy a morir. ¿Cuándo se terminarán estas esperas y separaciones tan jorobadas y desgastantes?

Vida: son las 11:45 y no pasa nada. ¿Qué puedo hacer? Estoy en esto desde las 9 de la mañana. Y no puedo hacer otra cosa por la bronca y la ansiedad.

Viernes 26

Ayer, al fin hablamos pero fue tu llamado el que entró. Y me regañaste porque te rompí el teléfono. No fui yo mi amor, fue un zumbido. Hoy almorcé con Víctor Magariños y la mujer y les di LA NOTICIA. Se pusieron muy contentos y festejamos con buen vino blanco y comida china. Te envían un fuerte abrazo y nos esperan en agosto en Pinamar para comer LA MILANESA. Como ayuda memoria: Magariños es el pintor argentino que se radicó en Villa Gessell y que visitamos durante tu viaje a la Argentina. ¿Lo recordás?

Te extraño muchísimo y me hace mucho bien oír tu voz tan linda y tan querida.

Mi vida, sigue la mudanza y creo que el lunes ya estaremos en el nuevo lugar de Flacso en la avenida Federico Lacroze. Teléfono 771 0978.

Te ruego hagas tu reserva e incluso la mía (por las dudas) para el martes 20 a Costa Rica por LACSA. La conferencia tendrá lugar desde el 27 hasta el 30 inclusive, de modo tal que yo viajaré el sábado 1°, creo que es PANAM 542 y que sale a eso de las 7:35 y llega a las 19 a NY (¡son 10 horas! porque hay dos escalas, menos 2 horas de diferencia). Vos tendrías el mismo vuelo el lunes 26. Averiguá si no hay algo más rápido. Así las cosas permaneceremos en NY hasta el domingo 9.

Buenos Aires al borde del Mundial y yo con la desesperación en espera de que pase el tiempo para verte. Me imagino que en cuanto empiece el Mundial, la TV caraqueña te llevará imágenes frecuentes de Buenos Aires y de Argentina. ¿Te acordarás de mí? Yo, todo el tiempo de vos. Escribí un poema sobre El hombre y el tiempo. Tengo que revisarlo y te lo enviaré. Te va a gustar. ¡El Mundial hace que la gente se olvide de la dictadura! ¡Qué país, o qué gente!

Te envío artículo de R. Arón.

Te necesito

Carta de Florencia, fechada el 28 de mayo

Me hizo mucho bien tu llamada, a pesar de las interrupciones. Si ves mi cuarto hoy, pides el divorcio inmediatamente: decidí comenzar a embalar mis cosas. Hay tanto papel que no se puede creer: libros, ropa, zapatos por todas partes. Todos estos días han sido de un calor insoportable. En ese momento llueve ¡al fin!

Te extraño en todo momento, todos los días. Quiero adelantarte lo del "matrimonio". Como se creó una especie de locura por los famosos poderes, Gladys consiguió que nos "case" una jueza amiga de ella. Por supuesto que en apariencia va a ser algo legal, aunque el acto no se registre en ninguna parte. Creo que nos vamos a morir de risa. De todas formas, es una buena forma de dejarlos contentos. Obviamente, esto que te cuento es totalmente secreto.

Como ya sabes, terminé de pintar el departamento y pienso dedicarme la próxima semana a tratar de alquilarlo.

El martes voy a tomarme una radiografía de la cadera, pues mi tío Roberto, que es traumatólogo, me dijo que casi todos los dolores de las piernas parten de esa zona.

Hice un paréntesis, pues me moría de hambre. En el ínterin leí una carta viejísima que mi mamá le escribió a una de mis hermanas a raíz de un problema que tuvo en Canadá cuando estudiaba allá. Casi me muero. Primero, porque me parecía horrible leer algo que no era para mí. Después, porque es profundamente doloroso saberla tan destruida desde hace tanto tiempo, no por lo que pudimos suponer o deducir de sus silencios tan viejos como nosotras, sino expresados tan contundentemente; transparentes como su soledad. De veras me siento muy mal. Pero me consuela tenerte a ti, tener tu amor. ¿Qué más puedo pedir?

Daría lo que no tengo porque estuvieras ahora mismo aquí, sin palabras. Tu sola presencia.

Quiero contarte otras cosas, aunque lo que he leído lo tengo tan adentro, muy dolorosamente. Cuando vengas podremos conversarlo.

Mañana comienzo a ponerme los lentes de contacto. Voy a tener que empezar a preparar los libros que dejaré y los que necesariamente lleve conmigo (léase: libros de cocina).

Ahora voy a Los Geranios, para buscar mi título y pasar un rato con mis hermanas. También quiero ver los bebés de Carlota, que deben ser unos cachorritos bellísimos.

Perdona que no te haya escrito más frecuentemente. Mi único momento de paz lo consigo cuando vuelvo aquí y te juro que muchas veces he comenzado a escribirte y he tenido que parar porque me invade el cansancio. Pienso que, además de las carreras y cosas por resolver, el calor tan intenso de estos días y mis nervios por solucionar asuntos pendientes, me agotan más de lo debido.

Te quiero. Te quiero mucho.

F

¿Y tú? ¿me quieres?

Mi vida: ya empezó el martirio de intentar conseguir hablarte... la novedad de hoy: las operadoras consiguen Caracas pero luego no pueden conseguir llamarme a mí, ponerme a mí en línea. Te hablo desde Flacso pero creo que tendré que ir a una cabina pública si es que allí se puede solucionar la cosa. Es tremenda esta guerra de nervios cada vez que intento llamar, me aniquila. Por otra parte, estoy preocupado por tus cartas, ya que todavía no podemos efectuar la mudanza para instalarnos el lunes porque de los tres ascensores funciona uno. Ello significa que si llega tu correspondencia a Federico Lacroze, como es una casona deshabitada y no un edificio de oficinas, no hay nadie para recibir y te la devolverán. Realmente no veo la hora de que estemos juntos y terminar con todos estos inconvenientes de comunicación. Empecé los intentos a las nueve de aquí. Ya son las diez menos cuarto. Esperaré hasta la diez y luego iré a cabina, pero el problema es que no traje mucho dinero. El viernes almorcé con Magariños y su mujer. Se alegraron mucho por la noticia de lo nuestro, pero esto ya te lo conté el viernes. Quiero contártelo siempre, parece. En cuanto a él, vino a raíz de su famosa carta no contestada. Habló con el periodista de *La Opinión* y se encontrarán. Luego, si no pasa nada me pedirá a mí que sobre dicha carta le haga el artículo para *El Diario*. Quiere formar un grupo interdisciplinario para hacer un manifiesto. Todo lo que quiere está bien pero tiene una falta de contacto con la realidad Argentina y sobre todo con la porteña, que es escalofriante. Es realmente, y en el buen sentido de la palabra, un hombre inocente. Además, creo que toda esta búsqueda es efecto del aislamiento en que viven en Pinamar. Ya charlaremos más sobre todo esto personalmente porque vale la pena. Sigo preocupado con la llamada y con la mudanza por tus cartas que necesito tanto. Siempre me encuentro con ellas después de Caracas, después de un viaje. Claro está que las gozo igual pero con menos sorpresa. Ya veo que tendré que leer varias en Caracas. Quiero esperar un poquito más pero tengo miedo de no encontrarte luego. ¿Espero hasta las diez y cuarto? Desde aquí podíamos hablar más largo y más tranquilamente, pero desde cabina, como vine sin mucho dinero, tendré que pedir me avisen a los 3 minutos… ¡es horrible!

Las operadoras no pueden conectar a los abonados de Buenos Aires porque tienen un problema técnico: ¿no es increíble? Es como ser el dueño de un restaurante y no poder almorzar en tu propio lugar.

Lunes 29

¡El domingo pudimos hablar!

Seguimos con Flacso en la calle Paraguay, por hoy. Tal vez se hace la mudanza esta noche. Día nublado y frio. Mi gripe pasó pero sigo un poco resfriado. Hay epidemia de gripe en Buenos Aires.

Estamos paralizados con todo el papelerío en canastos y millones de cosas por hacer. Te envío un poema y un recorte.

Tengo un día pesado: un almuerzo con un periodista; pasar por la joyería por las alianzas. 15:30 reunión de equipo en *Salimos*. Luego Flacso otra vez, después iré al club.

El sábado pasé la mañana en el club y la tarde entera leyendo. Por la noche vi TV y escribí: modificación del poema que te envío. No puedo hacer otra cosa que pensar en vos, todo el día, con ternura, con mucho deseos. Siempre con amor.

No veo la hora de encuentro

Carta de Florencia, fechada el 30 de mayo

Son las 3 de la tarde, y aprovecho este ratico para escribirte. Anoche comencé a hacerte unas líneas, pero definitivamente yo no sé escribir a mano.

Acabo de almorzar con mi papá y Trigal, pues día a día se presentan problemas y preocupaciones que yo quiero dejar solucionados antes de irme. Afortunadamente, mi "política" va bien encaminada.

Yo sigo enloquecida; para colmo de males, se me viene la exposición del Taller de Vicenzo la próxima semana, lo que va a terminar de complicarme la vida. Ayer fui al Ministerio de Trabajo para solicitar la planilla de liquidación; mañana entregaré al embajador la carta de renuncia, efectiva a partir del 30 de junio, pues me corresponden 15 días de vacaciones por matrimonio.

Recibí tu carta del 22, toda quejosa por las condiciones de tu oficina: OJALÁ PUDIERAS VER MI CUARTO. Anoche no tenía ni donde apoyarme para escribir. Pero quiero ir seleccionando libros, ropa y otras cosas, para evitarme carreras de última hora.

Estoy súper feliz, pero de repente me dan ataques de nervios con todas las cosas que debo hacer y el poco tiempo que me queda.

Sigo insistiendo con el apartamento, pero hasta ahora no se concreta nada. Creo que tengo un comprador para el equipo de sonido y la nevera. También creo que Haydée pueda interesarse por la aspiradora.

Los niños de Carlota están bellísimos, o sea sus cachorros, y mi familia en general bien. Hablé con Carmencita la semana pasada; también hablé con el padre Baque. Te extraño horrores y te pienso todo el día, a pesar de las carreras, el calor insoportable y la tensión. ¿Tú?

Ya reservé habitación en el Tamanaco (fui personalmente), pero quisiera que me digas si esta parte del viaje la paga Flacso, pues está carísimo.

He tratado de hacer dieta, pero me siento gorda como una vaca. Debía tomarme la radiografía hoy, pero mi papá me dijo que tomara unas medicinas antes, para ver si el dolor cede. No te preocupes, que no es tan grave.

Sigo contando los días que faltan para verte y me porto como toda un ama de casa (no vayas a creer que me convierto en una señora gorda).

Recibe un beso suave, largo.

F

Martes 30

Mi vida:

Entre Federico Lacroze y Paraguay no tengo casi papel, ningún escritorio, ni máquina, un sobre inventado. Acabo de obtener una silla: ahora estoy más cómodo... pero esto es de locos ¡y con todo lo que hay por hacer!

Tenías razón: ayer, a las 12 hora Argentina, puse un telex al Tamanaco y a las 16 tenía respuesta afirmativa para la reserva entre el 16 y el 20. Por las dudas, y cuando puedas chequéalo.

Recibí carta de mi importante amigo, pero te enviaré copia en cuanto nos normalicemos: es positiva aunque no define todavía la cosa.

Hoy tengo que controlar lo de *Salimos* para el MUNDIAL y todo lo relativo al gran cocktail que ofrece conjuntamente con el ENTE del MUNDIAL a todas las delegaciones. *Salimos* fue encargada por el ENTE a todo lo referido a TIEMPO LIBRE y espectáculos, etc. El cocktail será a las 18:30 en el PLAZA HOTEL. Todo el mundo se ha olvidado de la dictadura y de los derechos humanos. Así es la Argentina... pan y circo.

Luego tengo mi sesión analítica. Esta mañana estaba en el club a las 8. Ahora son las 12.

Mis hijos, felices (los dos menores) porque ya juegan en primera división de Rugby, y uno de ellos salió en los diarios por el partido del domingo donde marcó un *try*. También está feliz porque consiguió trabajo en el estudio de arquitectura e ingeniería más importante del país: Peralta Ramos.

Y el menor ya le dijo que en cuanto él llegue a cuarto año de arquitectura también quiere entrar allí: ya empezó a hinchar... ¿a quién saldrá?

LIBRO: ¿y las fotos?

Yo tengo que repetir las de aquí, pero hasta que no termine este lío de la mudanza estoy paralizado y ni siquiera puedo dedicarme a otras cosas. Estaba pensando y necesito tu opinión y eventual acuerdo, ya que de otro modo no haré ninguna modificación, sobre las posibilidad de en lugar de "Estos poemas y antipoemas de amor...", decir "Estas 35 (no recuerdo el número, ¿35 o 36?) cartas de amor, tituladas y dedicadas a Florencia... fueron... Así, en el prólogo del Tuco quedaría más o menos de este modo... estos bellos poemas que su autor llama cartas... Dame tu opinión, amor.

Mañana o pasado trataré de llamarte. Y pasado comienza la locura con el Mundial.

El jefe, ante todo este lío de la mudanza, optó por irse a la sede de Chile para poder trabajar y volverá el viernes.

Yo, en medio de todo esto, te extraño, te necesito, pienso todo el día en vos. Faltan 17 días.

Te beso toda

Carta de Florencia, fechada el 31 de mayo

Son casi las once de la noche; escribirte es un alivio. Tu llamada de hoy tan linda, y yo con nervios de punta (soy una chanta).

Hoy presenté la carta de renuncia y posiblemente esta semana comience el trámite.

Sigo preparando mis cosas con ilusión, como corresponde a una novia, pero te juro que la presión familiar "tipo antiguo" me fastidia mucho (consejos, sugerencias, preguntas, etc).

Hoy almorcé con María Josefina y Elio en su apartamento. Luego salí con Marianella para ver una ropa (léase en plural); ahí pasamos horas y llegamos alrededor de las 8. Gladys vino a invitarme también.

En fin, fue un día movido pero no avancé en otras cosas. Afortunadamente, creo que tengo vendido el equipo de sonido.

Me tiene preocupada la situación "financiera" que me planteaste por teléfono. Realmente no sé qué hacer, pues tengo todo absolutamente comprometido. Lo único que se me ocurre (por favor no pongas el grito en el cielo), es que cambiemos el viaje a NY por algún otro lugar más cercano o de paso. ¡Qué sé yo!

El "matrimonio" será definitivamente en casa de Pina, en familia. No le he comentado esto absolutamente a nadie, ni a los amigos; esto, porque no quiero verme comprometida y quedar mal. Muérete que mi otra abuela (la mala) está aquí: si se queda hasta esa fecha, no tendré más remedio que invitarla (hasta madrina mía es).

Luis sigue muy mal, y posiblemente prepara viaje a Moscú para el próximo mes.

Tengo tantos peroles para llevar a Buenos Aires que pienso en tu maleta tipo monstruo todo el día. Estoy segura de que podré guardar cosas en ella para que las lleves.

Mi amor, te siento tan desanimado, tan preocupado, que tengo una especia de pánico. Me refugio en los líos y trámites, en tu recuerdo, y crece inevitablemente la necesidad de tenerte a mi lado. Me consuela mucho saber que "mañana" es junio y que nos encontraremos en 15 días más.

Te quiero, te extraño.

F

Mi amor: mirá el papel que uso: ¡qué precariedad de medios! Esto de la mudanza me tiene arrecho. Si vieras la casa, en qué condiciones está todavía. Y hace en ella más frío que en la propia calle (ayer tuvimos 3 grados); vos te derretís y yo me congelo. El teléfono no funciona, todo está sucio, no está habilitado el gas y por ende no hay calefacción… Me resfrié mucho más y terminaremos todos con pulmonía. Lo único bueno: llegó a Flacso, Federico Lacroze, la primera correspondencia y era la tuya (del 22 de mayo). ¿Sabés qué lindo fue recibirla? Te adoro. Vos ya tendrás mías. Otro tema feo: esta mañana intenté llamarte de cabina y había una multitud: pedido tomado "condicionalmente", y yo no podía quedarme todo el día allí. Si esto ocurre en cabina, te imaginás lo que podrá pasar desde teléfonos privados. Voy a probar el domingo tempranito o tal vez en la semana te resulte a vos más fácil entrar a Buenos Aires que a mí a Caracas, si es que el 771 0978 funciona. Es realmente desesperante: se junta todo lo negativo, incluyendo que sigue la pesantez financiera de Flacso en el momento en que más dinero necesito (me deben 7.000 dólares). Espero que funcione lo de *El Diario* y que se agilice lo de Flacso pronto, sobre todo por nuestra instalación en Buenos Aires. Mientras tanto, por esto o sin esto, ¡yo te necesito y te extraño mucho! Ayer en el *cock-tail* supe de pronto que estaba tu amigo Héctor del P, pero como no lo conozco físicamente, pedí que me lo ubicaran para darle la noticia, pero seguramente se había ido porque la búsqueda fue infructuosa. Dos personas del ambiente publicitario no me hablaron muy bien de él, pero puede haber intereses contrapuestos. ¿Sabí qui má? (como dicen los rotitos chilenos) Cada día te quiero más. Te beso toda. ¡Faltan 15 días!: una eternidad.

Son las tres y media de la mañana del comienzo del jueves 1° de junio. Acabo de llegar. Comí con Brugo (mi dentista) y se nos unió Jorge en un restaurante vasco (comimos atún, lomo de atún a la parrilla... ¿te acordás?). Los llevé luego a un lugar de jazz, Oliver, no nuevo, pero ahora está allí mi gran amiga –que te presenté– Donna Carrol, casada con otro amigo mío: Oscar López Ruiz (guitarrista de Piazzolla) e hijastra de un médico también amigo: Isaac Zelcer. Ella ha grabado siempre en la RAI, como complemento de los programas de Frank Sinatra. Es una de las diez mejores cantantes de jazz del mundo. Me vuelvo loco porque la escuches. Nos dedicó *Feelings* y *My Way* (yo nunca escuché una versión tan maravillosa de *May Way* como la de ella). Pensé tanto en vos y te quise tener al lado mío todo el tiempo. Hoy hablamos y me dijiste que mi voz ¿no era de amor? ¿Estás loquita? ¿De amor tal vez? Quiero verte, tenerte ¡para siempre!

Ahora son las diez y media de la mañana y estoy congelándome en Flacso. Recibí tu carta del 23 llena de sueñito, leyendo tu "carpeta de deberes". Me contás que me llamaste y que no estaba... Miré la agenda y el martes 23 tuve un larguísimo almuerzo en el *London Grill* con un gran amigo, ex Cancillería. Ya te contaré la charla y lo conocerás. Estás tan linda así de mimosa, en tus cartas y por teléfono quejándote siempre porque no me tenés. Así te adoro cada día más. Hoy salió en *El Diario* mi poema "El tiempo del hombre y del niño", que todavía no te llegó acompañando una carta mía. Salió en tiempo record, lo cual demuestra la buena voluntad que hay para conmigo. Como te imaginarás, en el suplemento hay unos cincuenta poemas esperando turno. Estoy contento porque salió muy bien y acompañado de otro poema de un gran poeta y amigo mío, Francisco Tomat Guido, que oportunamente, cuando no nos conocíamos, escribió una nota crítica sobre *La Mufa*, precisamente en *El Diario* y me trató muy bien. F.T.G. tuvo varios premios municipales y alguno nacional. Va por su quinto y creo que último matrimonio. Él tiene 57 y ella 30, y dos chiquitos preciosos. También los conocerás. Voy a comprar varios ejemplares para mandarte uno y guardar otros, y despacharé esta carta porque dentro de un rato hay asueto para todo el país por el comienzo del MUNDIAL a las tres de la tarde.

Te adoro y te extraño.

TIEMPO DEL HOMBRE Y DEL NIÑO

Eran tan igual a mí
jugando cuando niño
en esa plaza
que me quedé inmóvil
mirándote sorprendido.
Y no tenía casi dudas
de que no eras otro
que yo mismo.
Aunque realmente no sabía
cómo podía observarte.
O mejor dicho
cómo podía mirarme
desde afuera
mientras vos retratabas
como en una serie
de viejas fotografías
todo y cada uno
de mis gestos.
Tanto así
que poco faltó
para que yo te preguntara
en un momento por tu nombre.
Pero tuve tanto miedo
de oír precisamente el mío
repetido

desde tu propia voz
que preferí partir.
Sobre todo
porque también recordé
que mis hijos me esperaban
y tenía un largo camino que andar
para volver.
Aunque al irme de la plaza
asombrosamente
no estaba tan lejos de mi casa
sino a una cuadra de distancia.
Y al llegar
ni siquiera hijos tenía.
Sólo una abuela que como todos los días
cocinaba.
Un padre que nunca estaba.
Y unas tías y una madre
que no habían vuelto todavía
de llevar las flores
a sus muertos.

Carta de Florencia, fechada el 2 de junio

Si yo reclamo noticias tuyas, no es para mortificarte ni llenarte de preocupaciones innecesarias. Es simplemente porque no estando tú cerca, son mi contacto real contigo. Extraño tus cartas. Así decidí llamarte por teléfono porque quería saludarte, por tu carta recibida hoy, por el poema tan lindo, porque a pesar de la comunicación del miércoles tenía necesidad de ti. Era eso.

Me apena mucho que no esté todo lo tranquila que tú quisieras, pero la sola mudanza definitiva fuera de Venezuela me ha traído inconvenientes y trámites ineludibles, que debo llevar adelante en corto tiempo y no he podido (o sabido) contenerme de omitirte las consecuencias de toda esta tensión. Perdóname.

Recibe mi amor, todo mi amor, y muchos besos
F

Viernes 2 de junio

Mi vida:

Te escribo estas líneas en papel de Flacso pero desde la oficina personal en el Centro de un amigo, Rodolfo Recondo. Llegó el jefe desde Chile y ahora vuelvo al páramo de Flacso a congelarme. Pedí desde allí comunicación con vos para las 18, ¿qué pasará? De todos modos voy a intentar el domingo por la mañana. Te envié carta para el embajador s/almuerzo o cena con el senador Gonzalo Barrios, pero la fecha era lunes 19. Hablá con él para saber si puede organizar la cosa, que sea para el viernes 16 o el sábado 17 en lugar del lunes que será para nosotros ¡exclusivamente! A mi jefe le diré que sólo puede ubicarte en la embajada, para que no llame fuera de la mañana. Le diré que vivís en Los Geranios y que no tenés allí teléfono. Que cuando yo te llamo lo hago siempre a la embajada o eventualmente a la casa de algún pariente (de tu abuela Pina) donde sé que estás.

Mi amor, me dijiste que no avanzás en tus cosas ¿qué pasa? ¿Me necesitás a mí para ayudarte?

Sigo hoy sábado 3 de junio

Ayer me dejaste triste con tu angustia: ¿Qué te pasa? Te escribo todos los días, te llamo... Yo quería hacer esto nuestro en mucho silencio, con el poder, casi sin que te dieras cuenta, porque pensé, dada la experiencia de enero, que era lo mejor para evitar tus miedos, tabúes e interferencias. Pero vos quisiste hacerlo muy público, tal vez, porque era un modo de "asegurarte" ante vos misma, o de "comprometerte" ante vos misma, por inseguridad (no de amor), sino psicológica. Por ello, mi actitud de reticencia verbal y pública, porque temo tu SUSTO, tu MIEDO. Yo quería que todo ocurriese en silencio y luego dar los hechos consumados: allí había tiempo entonces para todo tipo de festejos y formalidades. Vos lo quisiste de otro modo: yo lo acepté. Pero ahora estás intranquila, con toda tu familia encima y entonces se te ocurre justamente ¡DUDAR DE MÍ! Mi amor, por favor, esperame con amor y paz y hacé todas tus cosas tranquila. A mí sólo me preocupa esta distancia y arreglar nuestro futuro de hábitat territorial y mis problemas financieros... Flacso... *El Diario*, etc.

Por lo demás, sólo sé que te quiero, que te extraño mucho y que no veo la hora de tenerte a mi lado. En cuanto a vos, no quiero que te sientas ahogada ni presionada: si me querés, quiero que ello ocurra libremente. Sin otro compromiso que el puro amor. No hay papeles ni presión social que valga, salvo nuestra libre voluntad y sentimiento de amor. No te sientas obligada a nada salvo por el amor que me tengas. Si no me lo tuvieras, todo lo demás sería inútil. Te necesito y te quiero con toda la intensidad de mi ser.

Un beso

Domingo 4 de junio

Mi vida:

Son las 12:30. Acabo de volver después de hablarte. Pasé a buscar a un matrimonio que no tiene teléfono, y al cual llevaría a una quinta, pero ya no lo encontré. Yo tampoco iré. Esta mañana empecé a llamarte a las nueve de Baires y primero no había circuito. Luego la historia era que tu teléfono no enganchaba. Insistí en que vos esperabas mi llamado y que el teléfono debía funcionar. Ante los reiterados noes, pedí el 92, porque pensé que de no funcionar el 51 estarás allí. Pero me atendió María y entonces le expliqué que te llamase o fuese directamente a buscarte. Me quedé pendiente en la oficina de la telefónica por las dudas de que ella te ubicara por teléfono y vos con tu autito pudieses llegar enseguida... Pero pasó una hora o un poco más hasta que directamente conseguí con vos. Quiero que entiendas que no me arrecho porque me necesites; por el contrario eso me llena de felicidad; tampoco porque estés triste sin mí, ya que a mí me pasa lo mismo desde hace casi ocho meses. Pero sí me fastidia que toda esa necesidad de amor se transforme en DUDAS sobre mi propio amor por vos. Ya es bastante horrible esta separación, pero si le agregamos dudas mutuas de amor, esterilizamos el mismo amor. Yo te extraño y te necesito todo el tiempo, pero no debemos dudar sino pensar el uno en el otro para que ello nos ayude a hacer las cosas que debemos hacer para llegar a nuestra meta. Quiero que me cuentes cómo es el vestido de novia... Tengo tantas ganas de verte y mimarte toda. Faltan

12 días. ¿Te imaginás cómo estaríamos si no hubiésemos podido interrumpir la separación con esos quince días que yo pude pasar en Caracas?... Muertos ya los dos de angustia.

Averiguaré lo de las vitaminas E. Cuidate, mi amor. Ya hablamos de ello pero te reitero lo de la piernita que te duele, lo de los ojos, etc. TODO MI AMOR. Quiero que estés bien. Para vos, para mí y para las morochas, o sea en tu venezolano las mellizas... ¿tendremos morochas? Si podés, acordate de las fotos y de Calzadilla.

¿Y no llegó mi "amiga"? Es su fecha, creo.

Lunes 5 de junio

Mi amor: ni puedo escribir por el frío que hace aquí en Flacso. Todavía no conectaron el gas y por ende la estufa no funciona. Hoy es un día de dos grados, a las 12:30 y con seguridad adentro está más frío que en la calle. Además, mi secretaria Ana María está enferma. Todo está todavía en canastos, la suciedad nos invade. No veo la hora de salir de viaje y encontrar a la vuelta algún orden. Vos no me creerás, pero te aseguro que caos como éste sólo me estimula a renunciar. No puedo vivir y trabajar en el desorden. Necesito urgente que salga lo de *El Diario* porque Flacso se está agotando, pero ya no por esta situación emergente de la mudanza, sino por todo el manejo general de su estructura. Es una organización sobredimensionada. Por ello quiero llegar a septiembre, cobrar lo que me deben. Luego insistir con el *El Diario*, aunque sea un tiempo en Buenos Aires pero poniendo la meta en NY, ya que sería lo ideal, mucho más atractivo, incluso financieramente, que Buenos Aires. Es esto lo único que me tiene realmente preocupado, sobre todo en este momento tan decisivo para los dos. No quiero darte la peor parte sino la mejor. Anoche me dio el ataque y volví a llamarte, pero siempre es de locos conseguir, y desgastante. Luego me quedé tranquilo y dormí bien. Aunque no volví a hablarte del tema, reaparecieron los dolores de cabeza prácticamente todos los días. Con vos a mi lado eso no ocurre. Debe ser la tensión por no tenerte y todo lo que está en danza y hay que ir solucionando. Pero sobre todo es tu ausencia y la dificultad de comunicarse con prontitud y seguridad. Me desespera que sólo hayas recibido dos cartas cuando llevo escritas una por día, prácticamente desde que volví de Caracas: más de una docena... no sé qué ocurre. Yo también recibí sólo dos tuyas, pero vos sos una vaguita me parece, aunque creés que yo aquí no hago nada y suponés que tengo tiempo para todo.

Lo cierto es que te necesito y que te extraño mucho. Faltan 11 días pero se hacen largos. Recién me llamaron de Radio Continental: me van a hacer un reportaje por el poema que apareció en *El Diario*. De 13:30 a 14:30. También me preguntarán por ¡"EL MUNDIAL Y LO CULTURAL"!

El Mundial ha tapado la dictadura. Es increíble. Y los flacsianos estamos en la mira.

Quiero tenerte con Sol. Vos con Sol. Sol con vos. Sólo con vos. Te adoro. Quiero el calor de tu cuerpo. Te juro que no puedo ni pensar por el frío que hace aquí. Si te quedás quieto te morís.

Martes 6 de junio

Mi amor: son las tres y media de la tarde. Acabo de volver de Radio Continental donde fui reporteado sobre poesía, el Mundial, la cultura, los biorritmos, etc. Aquí hay una gran euforia por el Mundial. Todo es fiesta. Se han multiplicado los espectáculos, los conciertos, las exposiciones. Clima de cordialidad, consenso, el Gobierno dejó sin efecto dos importantes medidas contra la libertad de prensa. Los chóferes de taxi devuelven carteras con dinero (dólares) que los turistas se olvidan. No se puede creer. Pero cuánto durará todo este espíritu. ¿Exactamente lo que el Mundial? ¿Y luego? Volveremos a ser los 25 millones de individuos, no ciudadanos, de siempre. Insolidarios, preocupados más por las tasas de interés que por los índices de producción, más por lo económico que por restablecer la libertad y la democracia. Todo se sigue planeando en términos de optimismo o pesimismo. Y el optimismo es la optimización de la realidad, es decir una deformación de la realidad. Como el pesimismo es la degradación o el empeoramiento proyectado de la realidad, es decir, otra deformación de la realidad. Yo creo lamentablemente, que el

Mundial es como una fiesta. Cuando se acabe, se acabó la fiesta. Es como ser "buenos" en Semana Santa o fraternos en Navidad o amables en Año Nuevo.

Ayer hizo casi cero grado y yo volví duro de frío después de esta Siberia que es Flacso. Realmente me sentía muy mal. Hoy está un poco mejor el tiempo y hay algo de sol. Pero igual trabajamos como los rusos de los Ministerios de las novelas de Dostoievsky, con sobretodo. Es un horror.

Faltan diez días mi amor. Pero no recibí más cartas tuyas, ni ayer ni hoy. Hoy veré Francia vs. Argentina, ¿y vos? ¿Veremos lo mismo? Mañana espero tu llamado y si no se produce te llamaré yo el jueves.

Te extraño todo el tiempo.

Recibí muchos llamados telefónicos por el poema aparecido en *El Diario*, lo que es muy inusual en Buenos Aires. Parece que resultó conmovedor. Todos se refieren a cierta "mágica sencillez". Por supuesto, uno de los que llamó fue el Tuco, y otro, Archi. Pero cuando lo escribí pensaba en un solo lector, que obviamente eras vos. Todo sos vos.

Miércoles 7 de junio

Mi amor: hoy espero tu llamado. Son las tres y media de la tarde. Tengo que salir a las cinco y volveré a las seis y media para esperarte. ¿Viste el partido de ayer? Realmente no entiendo a mis coterráneos con su delirante entusiasmo. Me parece difícil que la final no se dispute entre Alemania y Holanda. Porque con individualidades brillantes que es lo que tenemos puede a veces ganársele a un equipo organizado como los de Alemania u Holanda si estos tienen un pésimo día, y si las individualidades están en su mejor día. Lo cual, sólo por azar se da así. Me enferma esa actitud porque demuestra la total imposibilidad de hacer nada serio ni perdurable. Es otra faceta del chantapufismo. En cambio es muy lindo un corto que pasan en inglés al exterior que no sé si viste. Están muchos de "nuestros lugares". Aquí el problema es la gente que habita en esos lugares tan lindos. La actitud absurda de la gente. La falta de sentido de pertenecer a un todo, diversidad aparte y necesaria.

Sabés que quiero a mi país y a mi ciudad, pero se dañan tremendamente. Me duelen. El lunes 12 tenés hora con tu médico pero no creo que el mismo día puedas saber si estás todita bien. Estoy seguro de que todo andará bien. Pero si hubiese algún problema, lo asumiremos juntos y no quiero que nada, sea lo que fuera, cambie nuestros planes. Te quiero mucho, te extraño y te necesito minuto a minuto. Cada día más. Tengo más ganas de besarte y de mimarte que nunca. No tengo por el momento ninguna novedad importante. La semana próxima, antes de la salida, volveré a hablar con los de *El Diario*... Faltan 9 días, mi amor. Tampoco hoy tuve carta tuya (¡solo dos...!) ¿Es posible?

Carta de Florencia, fechada el 8 de junio

Ayer conversamos largamente por teléfono, y me preparo para hablar nuevamente hoy como acordamos. Esa noche tengo una cena que me da un matrimonio amigo; están fascinados con la noticia del casamiento. Paso las noches preparando las maletas, y distribuyendo las cosas. Tu "amiga" del 11 de noviembre hizo su aparición triunfal. La Embajada me tiene totalmente colmada, pero me tranquiliza saber que es asunto concluido. Te recuerdo mucho; todo el tiempo. Ayer entregué las llaves del departamento a Rent-A-House, que es una compañía de alquileres, que tiene sus oficinas en el Hotel Tamanaco y clientes extranjeros. Mi amor, ¿te acuerdas de una carta que yo te envié desde Japón, donde te hablaba que "íbamos a estar muy pobres"? Pues aunque eso suceda, yo me siento feliz a tu lado; eso me basta. Además, yo te ayudaré a engordar las "vacas flacas". Los preparativos familiares continúan; yo estoy a punto de reventar, pues esas cosas me aburren terriblemente, pero me satisface ver a mi abuela Pina contenta, hablando de la cena que se va a servir, limpieza de cortinas, tapizado de muebles, etc. ¡Es tan tierna!

Leo novelas de A. Dumas, pues es el único tipo de lectura que me distrae (volví a la infancia). Hablé hoy con Jorge Vall, el fotógrafo y quedamos en salir el próximo miércoles a tomar las fotografías del libro. Ahora mismo salgo para Maiquetía con Pete K, pues tenemos problemas con las obras del Taller De Vicenzo (¡hasta cuándo!).

Yo no sé si te conté que el apartamento quedó demasiado lindo, es una tacita de plata. No se puede creer.

Te recuerdo siempre, con ansiedad, con amor.

F

Jueves 8 de junio

Mi amor: son las 12:30. Pedí el llamado para las seis hora de Caracas. Estoy asombrado con la carta perdida en la cual te acompañaba una para el embajador. Además, creo que dicha carta pude duplicarla en Xerox y también la envié a lo de Pina, pero no estoy seguro. En general no se nos perdieron cartas, pero a esta altura tendrías que tener no tres mías, sino por lo menos seis o siete. No estoy sacando copias porque no está todavía instalada la Xerox. En cuanto a gastos en nuestro viaje a Nueva York ya hablaremos personalmente. Yo tengo muchos deseos de hacerlo y trataremos de que se cumpla. Juntos haremos cuentas y veremos cómo lo resolvemos. Yo creo que entre pasaje y estadía no podremos gastar menos de unos 1.300 dólares en una semana, y con ese dinero, claro está alquilamos el depto en Buenos Aires pagando la comisión, dos meses de depósito y un mes adelantado más algún gasto adicional. Pero también ocurre que no sé todavía si debemos alquilar a partir de agosto y por un año y medio (es lo normal) sin saber si a partir de septiembre nos vamos a NY por un mes, o por tres y con vistas a quedarnos. Nos convendría un alquiler de un mes o dos, pero esos resultan carísimos. O tal vez un hotel, lo cual es también caro. El ideal sería conseguir algo por un mes. Como ves, son varias las cosas a resolver con alternativas, por la imposibilidad de saber con anticipación nuestro futuro inmediato en orden a lugar de habitat y trabajo. Eso es lo que me tiene mal. Yo no puedo presionar en *El Diario* mucho más porque resultaría contraproducente, y es difícil que sepa algo más o menos definitivo antes del 15 de agosto. Por eso, debemos charlar juntos con calma para resolver lo que más convenga.

Mi hijo mayor, el matemático, ha dicho refiriéndose al atraso y decadencia de nuestro país, que ello se ve en todos los campos, incluso pueden darse ejemplos de muestra increíbles, como el hecho de que Gardel, que murió en los años 30, tuvo un accidente aéreo; Julio Sosa, cuya muerte se produjo en la década del 60, la tuvo en un accidente automovilístico; y Cafrune, que acaba de morir, lo hizo en un accidente de a caballo. En un país progresista, estos tres cantores habrías tenido sus muertes en circunstancias inversas... ¡QUEQUE-RÉSQUETEDIGA! Como dicen algunos porteños.

Tenías una vocecita tan linda ayer, tan dulce, tan mimosa. ¿Cuántas pulsaciones tenías? Seguro que un poquitico más de 80. ¿Ves? Tenías fiebre y yo aquí...

Carta de Florencia fechada el 9 de junio

Recibí tu tristísima carta del 3. Me contagiaste, aunque te expliqué por teléfono y por carta, que toda la presión familiar únicamente altera mi estado de ánimo, pero no modifica en absoluto mi amor y mi necesidad de ti.

Anoche cené con los Losoviz. El cree conocerte, pues estuvo en misiones oficiales cuando tú estabas en Chile y él trabajaba en el Ministerio de Economía o algo así. Pasamos un rato muy agradable; su esposa es una peruana encantadora y me dijo que tenía la certeza de que nos iba a ir muy bien.

Las obras del taller De Vicenzo son un horror. Jamás vi cosas tan feas en tal cantidad. La inauguración será el día 15.

Dentro de una semana estaremos juntos otra vez. Me parece un sueño. Ayer le conté a mi tía Totón (la que hincha más), que para mí el matrimonio que tenía realmente validez era el de Paraguay; éste de Caracas era únicamente para "complacer a la familia y para mí no significa absolutamente nada". Me miró con ojos de horror. Yo me sentí feliz de fastidiarla un poco.

Te necesito todo el tiempo. Te quiero.

F

Viernes 9 de junio

Mi amor: acabo de recibir dos cartas tuyas en un mismo sobre, del 28 y 30 de mayo. Son muy lindas y tiernas las dos. Antes de que me olvide, cuando nos veamos, llevá mis últimas cartas para saber cuáles te llegaron, ya que esta vez no tengo copias por la mudanza, aunque las registro en mi Diario, pero no viajo con él. Me contás del desorden de tu cuarto. ¡Te aviso que en 1952 eché de mi cuarto de Madrid a una famosa actriz española por desordenada! Te imagino riéndote... Separá lo imprescindible de lo que no lo es, aunque embales todo, ya que todavía no sabemos si será NY o BA. Lo definitivo: no te pongas la casa encima como el caracol, amor. Me aclarás lo del juez y Gladys, de acuerdo. Lo de la radiografía... opinión de tu papi aparte, no perdías nada sacándotela; nos quedábamos más tranquilos. Los problemas de cadera son muy molestos para todo. No descuides eso por favor. Ni lo de los lentes de contacto. Lo de la carta de tu mami que tanto te apenó lo hablaremos personalmente como vos lo proponés. No sé de qué se trata pero también me apena. Toda la carta es muy dulce, muy tuya, mi amor.

La del 30 me cuenta del almuerzo con tu papá. La exposición del Taller de Vicenzo: ¿apareció al fin? ¿qué pasó? No me volviste a contar de eso por teléfono... ¿Y quién te reemplazará en tu ausencia si todavía no decidieron lo de María? Hablando de María, no me contesta nadie en la casa de la hermana. Los "niños" de Carlota, bellísimos... y ventas de equipos y neveras. Todo es muy lindo y por suerte no llegó aún la carta fea de que me hablaste por teléfono. Ya con cuatro cartas estoy más contento. Yo también te extraño todo el día y todo el tiempo. Te adoro y hoy falta una semana para encontrarnos. Esposita. Estoy congelándome en Flacso pues tenemos dos grados de temperatura... Son las 11. Tengo que ir al Centro y después del almuerzo volver porque hoy llega de Chile el jefe. Ayer, después de hablar con vos hablé con él a Santiago y le di las nuevas... Hoy decidirá si va a Caracas o directamente a Panamá, que es lo mejor. Han elegido en Costa Rica el hotel Balmoral... ¿lo conocés? Yo sugería por cable el que vos me habías dicho o alguno similar. Tendremos que alojarnos allí porque yo tengo reserva –en el que fuere elegido– desde el 20 para servir de contacto. Por su parte, también llegará el 20 desde México el jefe y su secretaria, que lo hará en la misma fecha desde Buenos Aires vía Panamá según creo. ¡Estaremos TODOS JUNTOS! Ni siquiera nos dan cinco días de soledad salvo los de Caracas. Por eso es necesario dispararse luego a NY o lo que sea para tener una semana para nosotros DOS SOLOS SOLOS SOLOS, para hacerte bien las morochas... Te envío dos recortes interesantes, guardámelos. Elvira Orphé es la ex mujer de Miguel Ocampo. Ella es muy inteligente, excelente cuentista.

Sábado 10 de junio

Mi amor:

Son las 12 y estoy en Flacso, *as usual*, helándome. No te envío esta carta ya porque llegará después de mi arribo. La leeremos juntos. Me desperté como siempre, pensando en vos, pero con unos deseos que me moría. Mañana trataré de llamarte temprano en la mañana. Hoy trabajaremos aquí casi todo el día preparando las últimas cosas para la reunión de Costa Rica. Y luego, a ver el partido.

Colocaron los teléfonos, pero todavía no son internos sino todos conmutadores, de modo tal que todos oyen lo que decís en cuanto levantás el tubo: es un desastre todo esto.

Con Jorge seguimos preocupados, no sólo por la situación de Flacso, sino porque en general, tener un sueldo en dólares en la Argentina te da pérdidas: el dólar sube un dos o tres por ciento mensual, y el costo de vida entre el ocho y el diez. Así perdés un cinco por ciento de valor adquisitivo mensual. Es decir que si en enero ganabas mil dólares, para tener la misma capacidad adquisitiva en junio, debés ganas mil trescientos. Entonces hay que irse del país, y si no te vas, es más conveniente trabajar en una empresa privada que te vaya indexando el sueldo de acuerdo al costo de vida. Cuando me fui de *El Diario* ganaba aquí un sesenta por ciento más que allá. Ahora, en *El Diario* estaría a la par o seguramente mejor. Y sí mejor en un par de meses, con toda seguridad. Perdoná esta lata, pero ahora también deberemos encarar estos temas, dada nuestra nueva situación. En la primera época no hubo tiempo porque en enero se frustró todo. Luego las cosas siguieron mal. En Buenos Aires todo estaba por verse, pero fundamentalmente la relación en sí misma. Después, en mi última estada en Caracas, se consolidó la relación en sí. Recién ahora debemos juntos considerar todo mi amor. Te quiero cada día más y te necesito a mi lado.

Martes 13 de junio

Mi vida:
Ayer hablamos ¡por suerte! Recibiste 6 cartas mías, es decir que ya tenés diez u once y yo sólo cuatro... ¿ves?
¿Quién debe quejarse?
Son las once y hace un frío tremendo, con niebla y todo. Tengo mucho trabajo preparatorio para la Reunión. Además, mi ansiedad por llegar y verte es inmensa. Sigo muy inquieto con mi vertiginosa descapitalización, pero ya se arreglará todo mi amor, salvo que no me quieras "descapitalizado". Te adoro.

Papel con membrete del Hotel Balmoral Continental de San José de Costa Rica (la última carta estaba fechada el 13 en Buenos Aires) – Jueves 22 de junio de 1978

Mi Florencia duerme como un ángel. Protesta un poco, dice todo el tiempo DO. ¿Y el RE y el MI...? Pero yo la quiero siempre, desde hace mucho, casi ocho meses ya. Mi Florencia tiene mucho noni y juega y me mima y dice siempre "ves" con esa voz de niña que se queja de todo lo que le pasa y de lo que no le pasa y no sabe que todo es amor.

Carta de Florencia, fechada en San José de Costa Rica el 26 de junio

Ya unidos para siempre, estos primeros días compartidos han sido realmente hermosos. Minuto a minuto te pienso y te quiero; sólo deseo detenernos en nuestro lugar, para consolidar nuestra vida en común. Sigo plenamente convencida de que los momentos más difíciles pasaron ya, y tan sólo nos quedan las dificultades pequeñas que con amor pueden superarse fácilmente. Convertida ya en tu compañera, se abre para mí todo un mundo de expectativas, donde

*la ilusión y la realidad forman un todo armónico. Quiero ser para
ti el final y también el principio de las cosas: para lograrlo, invertiré
todas mis fuerzas, todo mi amor.*
    Lucharé. Todo el universo será nuestro.
"YA LO SABRÁS".
F

Papel del Hotel Tamanaco – 10 de julio

Primeros días de Caracas. Primera mañana desde aquella
del 20 de junio del casamiento. Y siempre mi Florencia
duerme bella y dulce y yo la despierto con *Feelings* y ella
es feliz pero sigue durmiendo y yo ni siquiera me arrecho. Aunque no me pregunte ¿cómo estás tú? ¿No me que-
rrá más? ¿Después de haberme consentido tanto en Nueva York?

Papel del Hotel Tamanaco – Martes 11 de julio

¿Sabe mi amor que cada día es más Florencia, más mía y yo
suyo y que cada día la quiero más? En este amor antiguo y
moderno que me hace partir como a las Cruzadas y dejarla
a usted encerrada en el Monasterio de S. Bernardino, espe-
rándome hasta que pronto logremos nuestra propia casa.
Te adoro mi amor.

Viernes 14 de julio

Mi amor:
    Un beso largo hasta la vuelta, en otro paso para nuestra
vida en común total, te adoro.

Buenos Aires, sábado 15 de julio

Mi amor:

Son las cuatro y media de la tarde. Te extraño tanto pero ¡tanto, tanto! Tenemos que arreglar de una vez por todas nuestras cosas para vivir siempre juntos. No puedo estar sin vos, mi amor. El viaje fue bueno aunque con algunas turbulencias. La mosca viajó conmigo y hasta se metió en la taza de té: tuve que salvarla. Mis hijos enloquecidos con los regalos. Te adjunto tres recortes de *El Nacional* que leí en el avión. Leí mucho del libro de Manuela que me gusta tanto y me resulta algo tan tuyo. Todo el tiempo aluden a la "Orden del Sol" y al uso ostensible que hacía de ella Manuela. Esta noche iré a ver la película en color sobre el Mundial. La gente vive ahora de la película del Mundial.

Todavía no tomé contacto con nadie prácticamente. Quiero arreglar los papeles y hacer los informes entre hoy y mañana. Luego a empezar a hinchar con todo en Flacso y en *El Diario* para el próximo viaje. El jefe llega mañana a Flacso y también Jorge que parece se quedó en México, Quito y Chile. Ayer debiste recibir mis flores y también hoy porque mañana la floristería no distribuía. Fue la empleada de allí la que me dijo "cónchale" cuando supo que los dos ramos eran para la misma persona. Le dije: "es que me casé dos veces con ella". Te adoro con toda mi alma.

Carta de Florencia, fechada el 15 de julio

El ramo de ayer que encontré a mi regreso del Aeropuerto me ayudó a recobrar un poco de ánimo. Tus flores de hoy, sin embargo, me provocaron un profundo deseo de tenerte a mi lado. De repente tu recuerdo me ha colocado en la realidad de tu ausencia; así como me sobresalto en medio del sueño, que no tendrá consuelo en tu abrazo suave, tu voz y tu ternura. Pero tengo el recuerdo de las ciudades y de las horas compartidas, tengo la esperanza del regreso, tengo mi ser puesto en ti.

Fui a Rent-A-House esta mañana y tengo que volver el lunes para entregarles la administración de apto. También estuve con María y juntas llenamos la cama de agua.

Son las 9 de la noche. Te quiero y te necesito mucho. Escribo con el bolígrafo que me regalaste y sonrío cuando pienso que mañana me llamarás y podré decirte, podré contarte que te extraño con locura.
Un beso largo,
Florencia

Domingo 16 de julio

Mi amor:

Cada vez que puedo escribirte a máquina prefiero hacerlo así porque sé que te cuesta entender mi letra, tanto como a mí (la mía, no la tuya que es linda). Hoy hablamos, mi amor, y te dije lo que te extrañaba. Realmente, ya sin dudas sobre lo nuestro, esta separación es tremenda, pero se nos impone para hacer las cosas bien y no locamente. Te ruego arregles pronto todas las cosas y si necesitás algún dinero no dejes de hacérmelo saber para girarte por el medio más rápido; no quiero que tengas problemas. Ocupate enteramente de tus cosas, de poner todo en orden para partir, ya sea aquí o a Nueva York. También tratá de obtener el prólogo de Calzadilla, aunque no es imprescindible. Lo de las fotos, por lo menos la de tu cara, sería bueno tenerla. Ahora, la prioridad es llegar a vivir juntos lo más rápido posible, y todo lo demás es ACCESORIO. Ocupate de tu pie y decime qué opinión te dio Roberto, si fue hoy a lo de Pina. Al fin entendí ahora las instrucciones del *after shave* caliente, porque esta mañana fue un desastre. Mañana haré un intento serio. El Fiat verde no quiso arrancar pero le conté del colorado tuyo y le dio pena, en sentido venezolano no argentino, pero está bastante bolas. Sigo con el libro de Manuela, que es maravilloso. Trabajé toda la tarde y leí: ahora son las diez de la noche y seguiré después de ver algún noticiero en televisión. Mañana trataré de saber qué pasa en mi país y tomaré contactos. Esta mañana después de hablarte fui al club e hice mi gimnasia completa después de casi un mes, pero me siento muy bien. Todavía me duele el lugar donde se me enterró la manija de la puerta del hotel por culpa de las cosquillas, mejor dicho del ataque contra mi integridad. Buenos Aires sin vos ya no tiene más sentido. Cada vez que me despierto, creo que estoy en algún hotel con vos, no sé si en Costa Rica, NY o Caracas. Luego descubro que estoy solo y que estoy en Buenos Aires y la sensación es horrible. Es la primera vez que me pasa desde que nos conocemos. ¿Te das cuenta de cómo me tenés enamorado?

Carta de Florencia, fechada el 17 de julio

Te escribo desde la Embajada. Anoche dormí en Los Geranios, y nos divertimos horrores con Carlota (volvió a la infancia). Esta mañana hice trámites en Rent-A-House, para entregarles la administración. Llueve desde temprano, y en Los Geranios podías ver la neblina bajita, cubriendo esa montaña tan verde que vimos juntos desde el balcón.

Dentro de un ratico bajo a Maiquetía con Pete K, quien me va ayudar en los trámites de aduana por unas copas que importé.

Te recuerdo todo el tiempo, con amor.

Esta semana quiero arreglar el carro para poder empezar a ofrecerlo.

Roberto me dijo ayer que tenía una torcedura en el pie, que se reduciría poco a poco. Sobre el "operativo dieta", ya probé el guante (buenísimo) y hoy comienzo mi lucha con los kilos.

Mientras te escribo, Pete K y el Ministro ven una película sobre las ruinas de Misiones. El Ministro le preguntó si yo me había casado... además, quiso saber qué hacía yo aquí: "está colaborando con el Departamento Cultural" "–¿Ad honorem"? "–Claro que sí." El único comentario que cabría es ¡qué bolas!...

Todavía no he saludo a tu amigo el embajador; tal vez lo haga mañana.

Ahora acabo de saludar a Wilma.

Esta noche posiblemente te escriba contándote novedades. Además, quiero hacerlo en otro ámbito para contarte cosas de amor...

Un beso,

F

¿Sabés de qué tamaño era la caja de mis copas? De tres dedos de alto, porque se robaron la mitad y el resto la aplastaron con un cajón pesadísimo de madera...

¿Sabés qué más?

Pete K sí habló con Aerolíneas, pero no con el gerente Fierro sino con una imbécil de "relaciones públicas".

Puedes imaginarte la tarde hermosa que pasé en Maiquetía con todo ese lío.

A ti te recuerdo hasta el infinito y cruzo los dedos todo el tiempo para que podamos realizar nuestros planes.

Hoy estuvo Iris, la esposa de Pérez Celis, en la Embajada. Te recuerda con gran cariño. El viernes inaugura la exposición en el Museo y me pidió muy especialmente que fuera. Iré vestida de monja carmelita para que te quedes tranquilo...

Mañana te escribiré una carta con el resumen del día.

Te quiero...

F

Lunes 17 de julio

Mi querida: perdoná lo caótica que pueda ser esta carta, pero la escribo a las siete de la tarde abrumado por los problemas de Flacso, que paso a relatarte sumariamente, no para que te preocupes porque hemos puesto nuestra suerte fuera de Flacso y casi seguro fuera de Buenos Aires. Al llegar me enteré de que Chile había denunciado el Acuerdo, es decir que había dejado de pertenecer a Flacso, lo cual ocasiona todo tipo de trastornos que trataremos cuando el jefe llegue aquí, lo que ocurrirá recién mañana. Fuera de la lesión económica, joroba la imagen, no en Venezuela o México, pero sí en Argentina o Uruguay, etc. Pero lo peor es que habrá que trasladar la sede y la única posibilidad es, supongo, México. Si hubiésemos pensado en Buenos Aires con mi continuidad en Flacso estaríamos listos. De todos modos me aflige todo esto y la cantidad de trastornos que traerá a mucha gente y los de carácter financiero, que son incalculables. Yo no creo que podamos seguir sosteniendo nuestro lugar aquí, y se acaba de firmar un contrato por cinco años con la casa y se están haciendo refacciones increíbles y costosas: yo encontré mi oficina hecha un loquero intransitable ya que están bajando el techo y que sé yo cuantas cosas más: sabés lo arrecho que me pone no poder trabajar tranquilo. De modo tal que si mis cartas son caóticas y no todo lo tiernas que necesitás, por favor, no lo atribuyas a nada más que a todo este lío material y de tensión en que nos debatimos. Te adoro con todo mi ser y no hay cambios de planes para nosotros. Me encontré con carta del amigo en el *El Diario* y todo sigue su marcha. Hoy no me pude ocupar ni siquiera de ponerle el bombillo al Fiat ni de arreglarle el caño de escape. Fui a lo de nuestro agente: ¡tengo el documento y la libreta! Me aconsejó hacer certificar aquí la firma del Ministerio por la del Cónsul de Venezuela: es más rápido y más barato. Luego, en Caracas, haríamos legalizar la del Cónsul por el Ministerio de RREE. Después, esa firma sería legalizada en Caracas por el cónsul de USA allá. Es mucho mejor y yo portaré en persona el documento original en mi próximo viaje, ya que no sé si lo haré por Flacso, con este lío, o por mi cuenta, pero de todos modos, si fuera por mi cuenta podría pensar en viajar hacia el siete u once de agosto. Si Chile actúa dentro de la ley, tiene que esperar seis meses para desvincularse materialmente, lo que da tiempo para ir levantando todo con calma, pero se verá cómo procede. Yo supongo que habrá pronto una Reunión en Quito o en México y tal vez tenga que ir con Arturo y de allí pasaría a Caracas. O supongo también que él se interese mucho más en este momento por Venezuela y quiera viajar allá hacia principios de agosto, y no creo prescinda de mí. Ya te avisaré cualquier cosa. Estoy muy enredado con mi llegada y todos los papeles, con lo que debo hacer para *El Diario*, y sin el apoyo logístico de la infraestructura normal de Flacso como cuando funcionábamos bien en la calle Paraguay. Igualmente haré todo. También me encontré con tus cartitas del 31 de mayo a mano, y del 2 también a mano y un poco arrecha pero con muchos besos y amor al final. La del ocho a máquina y cena con los Losovisz y tan amorosa. La del 9 triste por la mía del 3 pero siempre con amor. ¿Te das cuenta lo que tardó la del 31, ya que yo partí el 16? He pedido con un amigo en Montevideo desde la mañana y todavía no pude conseguir. Tendré que hacerlo desde cabina o enviarle un cable. Necesitaría 48 horas en lugar de 24. Estoy deseando ya que corra el tiempo para vernos y para que se resuelva todo de una vez. Te adoro cada vez más. Quiero que estés segura de eso.

Te extraño mucho.

Acabo de conseguir con Montevideo. Me giran dólares mañana a lo de Pina. Mi amigo nos ofrece su casa si vamos.

PD: hoy te despaché dos cartas.

Carta de Florencia, fechada el 21 de julio

Son las 3 de la mañana. Me invitó Maribel Ferrer a una cena para celebrar el cumpleaños de Ileana: reunión de mujeres. Conversando se nos pasó el tiempo y casi me da un ataque cuando vi el reloj. Mañana debo levantarme temprano pues tengo cita con el dentista a las 8:30. ¿Adiviná quién duerme conmigo hoy?

¡Carlota! Acostada en mi cama, con la cabeza en la almohada y todo.

Volví a Maiquetía hoy en la tarde para terminar con el lío de las copas.

Esta mañana solicité tus entrevistas. Espero fechas y respuestas.

Me siento feliz amándote así, íntegramente.

Un beso mi amor.

F

Carta de Florencia, fechada el 22 de julio

Ayer recibí tus dos primeras cartas. La primera sin comentarios del viaje y tus hijos. La segunda, llena de consejos e indicaciones.

Anoche estuve en la inauguración de la muestra de Pérez Celis Super Star; fui con Haydée. Me conseguí con mucha gente conocida (nadie de la Embajada) y, por supuesto, a Freire y María Esther.

Hoy ha llovido todo el tiempo, desde muy temprano en la mañana. Me quedé en la casa arreglando mis cosas y mi cuarto. Bobby descubrió una caja vacía y se mete adentro a dormir.

No he podido hablar directamente con RR, pero ya la señora le transmitió el mensaje. Baldó Casanova estará fuera hasta el 28 (habrá que llamarlo el lunes). La próxima semana posiblemente me confirmen las otras audiencias.

Yo también tengo una urgente necesidad de establecernos en algún lugar definitivamente.

¿Sabés que el domingo –cuando hablamos– no te sentí "bien"? Después, pensé que tal vez yo estoy muy sensibilizada, con toda esta "historia de amor" (la más linda, porque es la nuestra).

Ayer me hizo mucho bien llamarte (¡lo que me costó conseguir con Buenos Aires!).

Son las 10:30 de la noche, y Carlota sigue durmiendo conmigo, aunque hoy se sumó mi hermana Pochita, pues la perra me despierta muy temprano y empieza a llorar buscándola.

Hoy en la tarde estuve en la Embajada haciendo el inventario de las obras, pues Pete K sale de vacaciones.

Sigo con la dieta horrible. Ayer casi me da un ataque (tuve un fuerte dolor de cabeza y amanecí con náuseas). Afortunadamente mañana es el 3er día y espero estar más animada. Pochita la está haciendo conmigo y nos consolamos mutuamente.

De tus entrevistas no he tenido respuesta. Mañana atacaré de nuevo.

Lo único que realmente me hace feliz es saber que llegas el viernes; así todo cambia. He leído carticas y papelitos de este último encuentro y mi necesidad de tenerte se convierte en una obsesión.

He sido muy consecuente con los lentes de contacto, aunque debo revisarlos otra vez.

Me preocupa mucho María Parra, pues no ha podido resolver sus problemas. Hoy la invité a cenar acá.

Como ya es tarde (aquí son como las gallinas), acaba de sonar el teléfono y salí corriendo pensando que podías ser tú. Nada...

Te dejo por hoy. Tuve un día movido y la dieta famosa me quita algo de energía. La que me queda y todas las reservas la emplearé en amarte y desearte.

Un beso largo.

F

Son las 11:30. Saber que mañana estaremos juntos no me deja pensar.

¡Te voy a recibir con tanto pero tanto amor! Pienso en estos días de los dos con una enorme ilusión.

Te tengo una sorpresa para el día 1° que te va a encantar. Pero además tengo tantas cosas que contarte; tengo una impaciencia tan grande, que perdí absolutamente la idea adulta del tiempo. Me distraigo preparando mis cosas para el encuentro, pensando en lo que te gusta.

Quiero que me ames cada vez más, para hacer una larga carrera de afecto; quiero que compitamos en amor.

PAPEL TAMANACO – Miércoles 3 de agosto de 1978

Mi bella está muy muy pero muy enfermita pero ayer, en el Aniversario con la visita de "mi amiga" y todo le regalamos música y flores y la llevamos a la joyería para dos aritos más, y tuvimos comida china y traguitos e intimidades y siestita y por la noche champagne. Mi bella duerme su sueñito lindo, protegida por mí. Y yo la adoro.

Jueves 4 de agosto de 1978

Anoche creo que nos desmayamos en vez de dormirnos. ¡Estabas tan enfermita! Con esa regla que no se nombra, sino más bien como "amiga". Que más vale por ahora que siga apareciendo. Y te quise tanto todo el día de ayer y te extrañé tanto a la hora de almuerzo y en el Congreso. Y falta ya tan poco para volver a Baires. Que quiero disfrutarte toda entera y todo el tiempo. Con todo el amor que te tengo.

SIGUE PAPEL TAMANACO HOTEL – Sábado 5 de agosto

Anoche se dormía mi amor entre píldoras y una maratón televisiva, más la jarrita de sangría y todo el trajín de Colonia Tovar, y el amor de la tarde y la falta de siesta y dos monumentos de papel: *El Nacional* y *El Universal.* Pero se fue por un ratico "duermo un poquitico y enseguida te acompaño". Así me dijo y yo esperé: la una, las dos, las tres, las cuatro, las cinco, las seis y ahora son las siete y mi amor sigue durmiendo ese ratico. ¿Y yo? Como dice ella. ¿Y yo, que a veces pretendo hacer una siestica y me hacen cosquillas? Y no te cuento dónde. ¿Y yo?

Domingo 6 de agosto

Mi bella, siempre está enfermita, ¡tan enfermita! Tan chiquitica que no sé qué hacer con ella. Y me parece que hasta que no la haga mamita va a seguir así, como una niñita ella misma para que la colme de mimos, de muchos años atrás, de todos los mimos que le debo de toda la vida. De los mimos por los días que paso en Buenos Aires y la dejo solita. Aunque ella no sabe lo solo que me quedo yo cuando no la tengo. Con amor.

Miércoles 9 de agosto

Mi esposita, estoy esperándote y son las 2:45 pm. Tengo hambre y me duele la cabeza y te extraño mucho. Aunque a veces te regañe un poquitico. Y estoy triste por haberte regañado y porque todo me sale mal aquí. No estoy acostumbrado a no ser recibido y menos por personajes de segunda o de tercera categoría. Te aseguro que estoy harto de esta especie de farsa de negociación donde la única verdad es verte y tenerte a vos. Lo cual es maravilloso, pero me duele hacerlo así, con esa excusa de Flacso y sin darle por lo menos a Flacso un éxito compensatorio. Me hace sentir mal. Te adoro con todo mi ser.

Jueves 10 de agosto

Mi amor: es víspera de viaje: otro más y van ya no sé cuántos. Otra espera: la más importante y que requiere más calma y prudencia. Que yo haga mis cosas pensando en vos y vos las tuyas pensando en mí: nuestras cosas para los dos y por los dos. Te quiero y me querés. Sólo faltan unos días, 15 o 20 no más y todo será realidad. Te beso.

Viernes 11 de agosto

Otro viaje más, otra ausencia pero llenos el uno del otro y plenos de amor. Día a día haremos lo nuestro. Pensá mucho en mí, como yo lo haré en vos. Vos en estos lugares compartidos y yo en los que vivimos juntos allá en el Sur. Los días volarán hasta septiembre para volvernos a encontrar ya para siempre. Gracias por tu amor. Te adoro, te beso toda.

Carta de Florencia, fechada el 12 de agosto

La lucha contra la máquina fue terrible, pero creo haberla vencido. De vuelta en mi casa, trataré de ponerle orden definitivo a mis cosas. Hoy fui a Las Mercedes a dejar las cosas para el electricista que irá el lunes (lo envía la administradora); también arreglé con el técnico para arreglar la lavadora. Esta tarde me puse a ordenar papeles y todo el lío que dejamos (equipo de sonido, etc.). El lunes pondré avisos en El Universal para vender los enseres y el carro.

Hoy descubrí que este primer mes de arrendamiento no recibiré prácticamente nada, pues todo se va en el pago de la comisión (casi dos mil bolívares). De todas formas, voy a sobrevivir.

Te pensé mucho ayer, y conté todas las horas de viaje; alrededor de las siete recibí tus claveles rojos, tan lindos, con esa tarjeta tan dulce.

Carlota sigue en la casa, pero no he podido iniciar un operativo serio para que se quede. Vamos a ver.

Ana Hilda me contó que Baldó Casanova es un imbécil absoluto; su cargo como Ministro se lo dio Carlos Andrés en premio por sus labores como celestino. El potro que nació la semana pasada, después de que su mamá corrió, se murió a los tres días (pobrecito).

Cuando hablemos mañana, terminaré esta carta. Un beso mi amor.

9:30 pm. Perdí en los caballos y en las cartas... Esta mañana te oía muy mal, pero igual me hizo mucho bien tu llamada.

Pulí mi carro y quedó increíble. Tengo mucha ansiedad por venderlo y pagar mis deudas. A pesar de esta separación, me siento tranquila, porque sé que es la última; después podremos hacer nuestro lugar y adueñarnos de todas las horas y los días para compartirlos.

El té es buenísimo. La dieta la comenzaré mañana. Tengo tu lista conmigo todo el tiempo, para no dejar nada por fuera.

No te pregunté hoy por tus hijos, pues no estando ellos en Buenos Aires supongo que no habrás conversado nada todavía.

No ha parado de llover desde el viernes, aunque por momentos aparece un poquito de sol. Te extraño.

La próxima, será una carta más larga, con todos los detalles de mis andanzas por Caracas.

Ojalá puedas seguir manejando tus cosas en El Diario con éxito. Le pido a Dios todo el tiempo para que salga bien; también le pido y te pido a ti que me quieras, siempre.

Un beso dulce, suave, para ti.

F

Domingo 13 de agosto

Olvido de mi cartera. Las partidas son así, un no querer despedirse del todo, dejándose cosas, olvidando cosas. Buen viaje, dormito. Mi compañera de asiento tiene ocho años y es la hija del nuevo gerente de A. Argentinas en Caracas, señor Sagula. Me alejo de los días tan lindos y tan cálidos de amor. Llego y hace un frío horrible: 5 grados. Vacaciones de invierno. No encuentro a nadie. Te llamé esta mañana y me parece que ya no te alegran tanto mis llamados... te acostumbraste a las flores, a mis llamados desde Buenos Aires... ¿soy ya una rutina? No puede ser creo. ¿Me seguís queriendo? Estoy rodeado de papeles, cartas, libros dedicados, pero no te tengo a vos, que sos lo más importante de todo. Trabajé todo el sábado y hablé con varias personas, entre ellas Arturo, que quiere enviarme nuevamente a fines de mes. Yo dije que sí, dejando entre paréntesis y en silencio mis planes de *El Diario*, ya que estos irán descubriéndose y sabiéndose precisamente hacia fines de mes. Hay que aguantar unos quince días superocupados para los dos. Tengo tanto que leer, escribir, hablar, convencer, etc. Me pasé la tarde en lo de Ernesto Sábato. Por la mañana, después de hablarte fui al club: HORROR: 70 kilos otra vez. Debo rebajar urgentemente dos o tres. Luego a lo de mi tía de los dos maridos. Pobre. Está muy desolada con la muerte de la mala, que era soltera y bastante histérica, pero ahora no quedan más hermanas. Fue el lunes 7 a medianoche: un infarto. No logré que me dijera qué edad tenía. "Y, ya tenía muchos años pero nadie, ni el médico se los daba, con el cutis tan lindo que tenía." Tres veces le pregunté y no me contestó. Yo creo que tendría 75 por lo menos. Me dio pena verla enferma y sola. Tiene buenos vecinos y van familiares y algunas amigas a visitarla. Por otra parte no quiere moverse de su departamento. La tarde en lo de Sábato fue muy interesante: se habló de todo entre muy poca gente. Desde el papado hasta el marxismo y el stalinismo, que para él es lo mismo. De sus experiencias cuando dejó la física por la literatura. De mi libro *La Mufa*, dedicado a él, de mis cuentos de Washington y otros lugares. De esoterismo, de todo. Tenía en su biblioteca todos los volúmenes de la Biblioteca Ayacucho. Cree que estamos cerca del Apocalipsis. Son las doce de la noche y empieza el lunes 14. Te enviaré esta carta en la mañana, y en otro sobre, envíos para tu lectura y el artículo de Sábato para Daniel D.

Te beso, te adoro, te extraño.

(Mi tía por parte de mi padre, una de las dos de Caballito, me dio una foto mía ¡¡de primera comunión!!)

Mi esposita: como cada vez que llego a Buenos Aires después de un viaje, me encuentro con el quilombo que es Flacso. Ahora están alfombrando, de modo tal que nuevamente tengo mi despacho hecho un verdadero pandemonio. No obstante, estoy tratando de sacar todas las cosas que tengo que sacar. Ya despaché envíos personales y una carta a NY a Héctor F, quien trabaja en Información en Naciones Unidas, ya que es un buen contacto. Esta semana será breve por el feriado, pero activaré por lo menos lo de *El Diario* y espero alguna información de Héctor F. Ahora son las ocho de la noche y estoy en Flacso. Ana María renuncia a fin de mes y se va a

Córdoba para casarse y trabajar a allá. Me alegro por ella. Fui al Centro para cambiar dinero y al pasar por la Plaza San Martín estaba toda embanderada con nuestra enseña y la VENEZOLANA: ¡me emocioné! Ocurre que está de visita el Comandante en Jefe de la Marina de Venezuela. Te recordé mucho todo el día y muy precisamente en ese momento. Mis hijos preferirían por una parte que yo me quedase en Buenos Aires, y por otra parte no. Ya veremos. Somos ambiguos los adultos... ¡qué se puede esperar de los adolescentes aún ya crecidos! Pero de todos modos tienen que ir enfrentándose con su propia e intransferible vida que no puede depender del padre ni de la madre sino de ELLOS MSMOS, por lo menos a partir de cierta edad.

Mi mayor deseo es que se dé lo de NY, que es lo que más nos conviene realmente, desde todo punto de vista. Esta carta la despacharé mañana y hoy te puse en el correo una larga y por aparte un sobre con diversos recortes. Te extraño y te necesito mucho, mi vida. También me preocupa todo lo que me deben en Flacso ya que vengo financiando todos los viajes. En ese momento me deben seis mil dólares, ya no siete mil. Hablaré con Jorge, que también está enloquecido por problemas generales y personales. Quedamos en comer por la noche el próximo jueves 17 que es feriado para charlar de todo, larga y tranquilamente. Necesito que me pongan al día para pagar todos los gastos oficiales de tarjetas y saber cuánto me queda. Si nos vamos para NY venderé el auto, por supuesto, y eso servirá para nuestra instalación previa. Ya veremos. Vos hacé tus cosas que son múltiples y no te preocupes con mis problemas porque están a mi cargo. Sólo necesito como ayuda todo tu amor.

Te beso

PD: Esta mañana (martes) leí lo del sismo en Sta. Bárbara pero no hubo víctimas personales. Igualmente, llamala a Carmencita.

15 de agosto

Mi amor:

Son las seis y media de la tarde y estoy en Flacso. Te he extrañado mucho todo el día. Quisiera estar a tu lado, acompañarte, acompañarnos en todo como cuando estamos juntos. Es tan linda la vida a tu lado. Aquí siguen con las obras, rompiendo paredes y otras cosas…

Estoy sobre *El Diario*, llamando a poca gente pero muy clave. En cuanto a Naciones Unidas, tengo que esperar noticias o la presencia en Buenos Aires de todo el grupo hacia fines de mes.

El jefe sigue afuera y vendrá mañana para volver a partir el jueves. Sé que tiene planes para que yo viaje a Bolivia y a Brasil, más Venezuela hacia fines de mes, pero todo esto yo lo voy a compaginar con mi tema de *El Diario* y ONU, o sea NU. Estoy jugando un ajedrez de simultáneas en varios tableros prácticamente a ciegas, pero la cosa viene así. Tengo mucho qué hacer y mucha gente por ver, pero en todos los campos debo moverme con sumo cuidado. Es muy difícil vivir así, cuidándose todo el tiempo. Me llamaron para otro reportaje radial pero me negaré a hacerlo. No debo dar ningún paso en falso que interfiera con lo principal, con el objetivo de *El Diario* y/o NU.

Trataré de ver amigos durante el fin de semana: al Tuco o Martha y Miguel o Estelita Tiscornia. Recién apareció Jorge con su amiga Virginia a visitarme y tuve que interrumpir la carta. Virginia te manda saludos. Te quiere todo el mundo, Florencia. Y yo te adoro.

Carta de Florencia sin fecha

Son las 7:30 am, aunque tú no creas que yo no sé levantarme temprano. Me preparo para ir al banco, pues ayer no hubo actividad y tengo que arreglar muchas cosas.

Anoche estuve donde Freire y su mujer, desde las 7pm hasta la 1am. Las dos primeras horas estuvimos conversando María Esther y yo, hasta que apareció José María. Cenamos allí mismo e hicimos una sobremesa larguísima.

En la tarde estuvo María Parra, quien almorzó aquí. En un principio ni le toqué el tema "vivienda", ni le hice mención alguna sobre su nueva casa, hasta que ella habló de la cosa. Anda mal, pues tiene que operarse un seno y está muy preocupada, problemas de dinero aparte. Carlota sigue conmigo. Si hoy no llueve, le daré un baño. Ayer despaché tu carta y una para Olmedo.

Te quiero tanto que creo que me voy a morir (o por lo menos, enfermar). Encuentro en ti, en tu recuerdo permanente, el ánimo y los deseos para hacer todo lo que queda pendiente.

Posiblemente hoy haga legalizar mi título. Mañana comienza a salir el aviso de venta de mi carro. Cuéntale al Fiat verde lo bien que se porta. Cuando hablamos no pude decirte bien lo mucho que te extraño.

F

Carta de Florencia, fechada el 15 de agosto

Aunque ya te había escrito esta mañana temprano, aprovecho mi paso por la Embajada para despacharte esta carta.

¡Antes de que lo olvide! El número de la nota de la Embajada (sobre mi liquidación) es 460, salió el día 11 por Codip.

Esta tarde voy al dentista, y luego voy a pasar a retirar un paquete que me manda el cuñado de Eduardo Mac, el que tiene la fábrica de carteras. Estoy superemocionada con el regalo.

Por la noche, quedé en pasar por la casa de Daniel D para entregarle las cosas de Flacso.

Como ves, no he parado un momento...

Me muero por saber cómo andan tus cosas, trámites y asuntos familiares. Supongo que a partir del viernes recibiré noticias tuyas.

Hoy fui al centro para legalizar mi título y traté de averiguar por el libro de Rosemblat, con tan mala suerte, que empezó a llover fuerte y tuve que salir a toda velocidad. De todas formas, tengo que volver el miércoles; ojalá el día sea lindo para poder recorrer algunas librerías. También quiero ver un poco otros títulos de la Editorial Ayacucho, que descubrí aquí en la Embajada, sobre el Pensamiento de la Emancipación Americana o algo así; son dos tomos.

Estoy leyendo Contrapunto desde el principio, pues no pude retomarlo en la mitad. Dejaré el libro de Sábato para las tardes libres, si tengo alguna.

Cuídate mucho, piensa en mí y en lo mucho que te quiero.

F

16 de agosto

Son las 11:30 am y hoy he sido niñera de Federico desde temprano y, por supuesto, no he tenido un momento libre; realmente los niños son hermosos pero te ocupan todo el tiempo; además, también tuve que curar un raspón en la rodilla de Lorena, para lo que tuve que reunir toda mi paciencia. Definitivamente, tendrás que ayudarme con las morochas. Después —como estaba cerca–, fui a casa de Haydée, y nos quedamos conversando hasta la una de la mañana. Esta noche volveré a su casa, pues su mamá va a hacer un plato riquísimo.

Lo más importante de la visita, fue que consultamos el I-Ching. Por supuesto, le pregunté si ibas a resolver tu problema de New York. Te transcribo todo:

[Aquí Florencia transcribe en tinta los hexagramas 9 y 48 y luego continúa la carta con las explicaciones]

Aunque tú tienes el libro, quiero que leas lo que decía en el de Haydée, que es el más completo:

"9 Hsias Ch'u: La fuerza domesticadora de lo pequeño.

-EL dictamen: La Fuerza domesticadora de lo pequeño tiene éxito.

Las líneas:

-9 al comienzo significa: retorno al camino ¡cómo podría ser una falla! ¡Ventura!

Forma pare de la característica de la fuerza arremeter hacia adelante. Pero con ello lo fuerte entra en el terreno de los refrenamientos, de la inhibición. Por eso retorna hacia el camino que corresponde a su situación y donde se siente bien para avanzar o retroceder.

Es bueno y razonable no pretender algo a la fuerza, violentamente; esto conforme a la naturaleza del asunto, trae ventura.

-9 en el tope: Llega la lluvia, llega el sosiego.

Se ha obtenido el éxito. El viento ha juntado la lluvia. Se ha alcanzado una posición. Esto se ha llevado a cabo mediante una paulatina acumulación de pequeños efectos que resultan de la veneración brindada a un carácter superior.

Sin embargo, un éxito logado así, pieza por pieza, requiere una gran cautela. Si uno se abandonara ahora a la ilusión de seguridad, basada en el éxito, sería peligroso.

Lo femenino, lo débil que ha alcanzado la victoria no debe jamás apoyarse tenazmente en el triunfo. Esto traería el peligro.

La fuerza sombría de la luna llega a su máximo al hallarse casi llena. Cuando como luna llena se opone directamente al sol, su mengua es inevitable. En tales circunstancias es necesario conformarse con lo alcanzado. Seguir avanzando antes de llegar el momento debido traería desventaja.

48 Ching: El pozo de agua.

-Dictamen: Puede cambiarse de ciudad más o puede cambiarse de pozo.

Este no disminuye ni aumenta.

Ellos vienen y van y recogen del pozo."

¿Cómo te parece? Por supuesto, omití toda la parte de explicación, porque era muy larga. Pero los textos te los transcribo textualmente.

Ojalá podamos hablar esta noche, pues necesito saber de ti.

Ha llamado bastante gente por el carro, pero hasta ahora nadie ha venido a verlo. Vamos a ver qué pasa esta tarde.

Te escribo mañana, con todos los detalles de mis actividades, para que te sientas tranquilo y te des cuenta de que cumplo disciplinadamente con las obligaciones que me escribiste en la lista.

Un beso, con Amor.

Florencia

Miércoles 16 de agosto

Mi vida: no sé si podré llamarte hoy o mañana por la mañana. Ahora son las 19:15 y estoy en la Flacso pergeñando cosas. Mi cabeza trabaja a toda velocidad y con toda intensidad. Pienso todo el día en vos y te necesito durante el día entero. Mañana es feriado. Acabo de preparar un borrador de carta para el Jefe para ir preparando el terreno, salga o no salga lo de *El Dia*rio y lo de la ONU. Ya te la enviaré cuando la haga pasar el viernes. Mañana ya tengo cita en *El Diario* para tratar el tema de ir a Nueva York a cubrir la Asamblea, aparte de la cosa estable. Sigo moviéndome. Hoy fui al club, lavé al Fiat que está tan reluciente que ni él mismo lo puede creer: ha vuelto a creer que es un auto y yo ni me atrevo a subirme porque no me parece el mío. Mi hijo mayor perdió una beca y empieza a darse cuenta de cómo se desvanece su maravilloso esplendor de genio veinteañero, en la mejor tradición argentina de prometer mucho y quedarse allí. Pero me duele y me preocupa.

Tuve almuerzo con mis amigos periodistas y luego la charla con la gente de Radio Continental para explicarles por qué no quería ningún reportaje ni promoción ni nada. Tengo objetivos concretos a corto plazo y no necesito promoción ni aparecer ni figurar en ningún lado. Solo estaré con la gente que sea menester, y muy pocos amigos.

Mañana almuerzo con mis hijos y cenaré con Jorge. A las seis iré a *El Diario*.

Te quiero y te extraño mucho.

Te beso

Carta de Florencia, fechada el 18 de agosto

Mi amor: ¿de verdad piensas que no me alegran tus llamados? Si yo espero tus flores con ansiedad, crees que ya me "acostumbré"; si trato de aligerar la separación con frases suaves, con voz tranquila, no es precisamente porque tus llamados de Buenos Aires sean para mí "rutina". Mi amor, no te atormentes ni me angusties con esas ideas locas que se te fijan en la cabeza. Te quiero más todos los días; sí, espero tus flores porque es como tenerte un poco después de que te vas, y yo me quedo con mis recuerdos, con mi amor y la esperanza de verte pronto; por eso las quiero cerca, para mirarlas y pensar en todo lo compartido.

¿Ves?

No me hables de horrores de kilos, pues esta vez no he rebajado tan rápidamente y sufro como loca.

Tú sigue hablándome del Apocalipsis, para que yo no pueda dormir en las noches...

Pobecita tu tía la de los dos maridos, lo sola que se debe sentir.

Me encantó la foto de Primera Comunión, con cara de bueno y grandes cantidades de pelo. ¡Hasta cejas te salen! Tan dulce...

Anoche estaba tan triste, recordándote con tanta necesidad. Pensaba que esta separación no es más larga que otras, pero mis deseos de tenerte son cada vez más intensos. ¡Y tú piensas que eres una "rutina"!

Son las doce del mediodía, y espero venderle a una compañera de Haydée el equipo de sonido, que –para variar– no está en perfectas condiciones. Hay varias personas interesadas en el carro, pero hasta ahora las ofertas no suben de 14.000 bolívares, y yo espero sacar mínimo 15.000.

Hace un rato me habló Margot Ponde, y me dijo que María le había dejado un papel anoche, diciéndole que se iba a Buenos Aires. Yo estoy preocupadísima, pero no sé a quién recurrir para saber. Si tú puedes hablar con su hermana, posiblemente te diga que María está allá; en ese caso cuéntame para yo saber.

Mis cursos de niñera los sigo diariamente, con Federico. Mis cursos de paciencia, con Lorena.

Esta tarde voy a la presentación del último libro de Juan Calzadilla. Espero poder ponerme de acuerdo. Sigue disperso como siempre.

Y TÚ ¿ME QUIERES TODAVÍA?

Soy tuya, toda. Te quiero.

F

Viernes 18 de agosto

Mi vida: son las 3 de la mañana y comienza el viernes. Ayer fui al club. Almorcé con los chicos, trabajé, me encontré con Jorge a las 8 y media de la noche, fuimos al 55 a cenar, charlamos hasta las 23 porque él se tenía que encontrar con una azafata de Aerolíneas Argentinas, y yo me debía acercar a un bodegón: el Re dei Vini, donde estarían comiendo dos matrimonios amigos míos que conocí en Chile aunque ambos son argentinos. Uno de ellos está integrado por un director de teatro y por una actriz y el otro, por un economista y un ama de casa con ocho niños. Llegué al lugar a las 23:20 y no estaban (¿?). Al salir, desde un Falcon me hizo señas una mujer. Me acerqué pensando que se trataba de la gente que yo buscaba, pero no, era la mujer de Hugo Guerrero (¿te acordás?). Lo esperaba a él en la puerta del departamento mismo.

Ella está embarazada y espera para octubre. Tercer casamiento del Negro a los 54 años. Se trata de esa muchacha de 30 años con la que estaba en Caracas. Me quedé con ellos hasta ahora. Viven en tres pisos pequeños: uno es el lugar de dormir, otro el estudio maravilloso de radio que él tiene para preparar sus programas, y el tercero un lugar entre comedor y discoteca increíble. Habrá 3.000 discos y cintas. El estudio, lo más completo que he visto en cualquier radio. Tuvimos una charla larga y muy linda. Él está ganando superbién aquí, pero me dijo que si nos instalamos en Nueva York, se van para allá, porque tienen ofertas múltiples y apoyos hasta de los Rockefeller para trabajar, pero no se animan. Lo pasé muy bien aunque no sé por qué fallaron mis amigos. Te pensé y te recordé mucho todo el día y ahora son las 3 y media y me voy a dormir. ¿Cómo saldrán las morochas? Tuve la entrevista en *El Diario* con el número uno en materia periodística. Bien, pero limitado y temeroso, como corresponde en *El Diario* cuando se llega a ese cargo, que es el último y que irremediablemente se pierde en manos del segundo ante cualquier error o supuesto error, o por simple desgaste. Pero yo cumplo todas las instancias. Si fallo, te aseguro que no será por no haber hecho todo lo posible. Hay que ser cauteloso como lo estoy siendo precisamente. Te adoro y te extraño con locura.

Te beso toda

Carta de Florencia, fechada el 19 de agosto

Son las 7 pm y acabo de dormir una larguísima siesta: me duele la garganta, estornudo como loca y tengo fiebre. De acuerdo a lo que dice mi papá, mañana voy a tener dolor en todo el cuerpo. ¿Te das cuenta? ¡Tan enferma y solita!

Aunque ayer hablamos por teléfono, quiero aclararte un pequeño detalle: estaba a punto de cerrar la negociación (¿sic?) con un señor que me ofrecía 14 mil, pues tuve una llamada de la tarjeta de crédito y debía pagarles antes del viernes. Esa noche me fui toda triste a casa de Haydée (creo que el mismo día conversamos por teléfono) y –por supuesto– le pregunté al I-Ching. Me respondió algo así como "tú crees que la solución es la que tienes en las manos, sin embargo la verdad todavía no llega, y debes esperar, aunque la ansiedad te lo haga difícil y quieras decidirte por lo que crees es la solución". Pues justo ayer, el último día de plazo para pagar en el Banco, y también el día para darle la respuesta al de los 14.000, cerré el negocio con la persona que se lo compró (una muchacha) por 15.500.

Ayer quedé con Juan Calzadilla en llevarle el libro al Museo a las 8:30 am del martes. El lunes iré a firmar el documento de venta del carro. Quiero aprovechar para llevar el título y el certificado de matrimonio a Cancillería, pues queda cerca del lugar.

No sé si escribo con coherencia, pero me siento como abombada. Te sigo extrañando cada vez más.

Sábado 19 de agosto

Mi vida: son las doce de la noche y está por comenzar el domingo. Estoy en casa. Trabajé todo el día y fui al club. Por la tarde a Flacso a hablar con mi jefe que parte el lunes nuevamente a Chile y desde Chile hacia el fin de semana a Europa. Le presenté el informe Venezuela de mi último viaje y mi carta personal que ya te envío aparte para convencerlo de que Flacso me enviara a Nueva York por tres meses: era un lance que complementaba a *El Diario* y/o Naciones Unidas dándome mayor tiempo para resolver lo de Flacso y reforzándonos económicamente. Le gustó el planteo pero no puede aceptarlo totalmente porque también me necesita en Buenos Aires durante la misma época para un boletín que hay que preparar y editar y para varias publicaciones más... De todos modos no quedó del todo descartado el proyecto y tal vez alguna parte pueda obtener. Me confirmó la vuelta a Venezuela para el 8 o el 4. Pero yo debo esperar hasta el 8 porque ahora Nueva York sólo depende de *El Diario* y/o de Naciones Unidas y necesito tiempo para concretarlo. Perderemos desde un lunes a un viernes pero nos conviene esperar. Dejaré lugar reservado para el 4 por si termino antes. Mañana cuando te llame te contaré esto y el lunes iré por mi pasaje y enviaré un cable al Holiday o al Caracas Hilton. No sé cuál conviene sin auto, tal vez el Caracas Hilton que está más cerca de S. Bernardino o quizá el Avila que está, creo, muy cerca. Yo ya envié cable a *Beekman Towers* en Nueva York pidiendo reserva a partir del 16 y espero respuesta. Porque para el comienzo de la Asamblea Nueva York estará superlleno. Me dieron en Cancillería buena referencia de ese hotel-residencial con estudios y cocinita. Tal vez si vuelve Wilma y se compró depto nos lo pueda alquilar mensualmente sin contrato hasta ver qué pasa: sería el ideal. Jorge va mañana a Chile y vuelve el próximo domingo. El Jefe ya estará por México cuando yo vaya a Caracas y desde allí nos comunicaremos para saber si decidió que vaya a Nueva York o no, y en caso afirmativo por cuánto tiempo. Todavía creo que podré sacarle ir hasta fin de septiembre por Flacso o algunos días más de octubre. Si dice que no y yo arreglé con *El Diario* o Naciones Unidas, tendré que darle la noticia de que tengo que ir igual y que me dé licencia o hagamos algo intermedio entre lo que yo le propuse y lo que él cree que son necesidades prioritarias de Flacso. Sobre el tema personal, lo comprendió muy bien y ya se lo imaginaba. A las ocho y media de la noche fui a buscarlo a mi amigo el general Corbetta y salimos a comer cerca de su casa. Luego él se fue a la casa de gente amiga y yo me vine para aquí. Hace un frío de morirse: estamos cerca de 0 grado. Mañana iré a almorzar con Martha y Miguel.

Te extraño y lucho por lo nuestro, por los dos. Te adoro.

Domingo 20 de agosto

Son las ocho y media de la noche. Pasé el día en lo de Martha y Miguel: estaban los padres de ella, a quienes traje de vuelta en mi auto, las hijas de Miguel y el novio de una de ellas. El verde, como vos llamás a mi Fiat, dejó solito de hacer el ruido de cascabeles: algo se le ha caído y no sé qué es. Lo pasé bien: comimos un asado bajo un cielo despejado y con sol aunque hacía frío. Ahora voy a ir a comer afuera con mis hijos.

¿Y USTED? Mi vida, ¡está muy enferma! ¡Y solita, sin mí! ¡VES! Y no tiene ni el aparatito ni el termómetro japonés. Pobre mi amor.

Por favor, cuídese mi vida. Fijate si no tenés *Nueva York de cerca*, de Horacio Estol, porque sería importante llevarlo por una idea que tengo. También quiero pedirte que me reserves a mí también lugar en PAN AM para el 16. Y si viajo el 8, no me mandes cartas después del 28: escribilas, pero guardámelas. Te adoro, mi Florencia, y te beso.

Sigo el lunes 21

Mi vida: son casi las siete de la tarde y estoy en Flacso. El Jefe partió ya para Chile pero me ha roto tanto... con todo lo que me pide: su famoso Boletín Informativo y etcéteras. Llamó María Parra por su cuenta: viajó urgente porque tiene un tumor en un seno que puede ser malo pero verificará la cosa y se operará aquí. Está de buen ánimo y decidida. Mantendré contacto con ella para saber cómo le va yendo. Saqué mi pasaje para el viernes 8. ¡Y envié un cable al Holiday Inn! Veremos qué contestan. Hoy envié larga carta memo a *El Diario*. Sigo la cosa con todo. Todavía no tengo respuesta del Hotel de Nueva York. Me preocupa la reserva de Pan Am y sobre todo la estadía en Nueva York, que se llena el primer mes de Asamblea. Hay que ubicar un studio, o residencial o departamento. Veremos qué contestan los del *Beeckman Towers*. Te adjunto un recortecito de un libro de Pomaire... es bueno. Y hoy espero comer con mis tres hijos: a Marcelo lo he citado expresamente, porque anda perdido con una chilena. Hoy almorcé en lo de Archi, que llegó de Europa, feliz y con ganas reales de radicarse por París o London. Te manda saludos. También hablé por teléfono con el Tuco pero todavía no nos vimos... estoy colmado. Tengo que verlo a Brugo, mi dentista, por razones profesionales y también porque quiere saber cómo andan nuestras cosas. Ya con la fecha, te ratifico me hagas el favor de pedirme las entrevistas desde el lunes 11 hasta el viernes 15: Consalvi, Perez Guerrero, G. Barrios, Baldó Casanova y Salcedo Bastardo. También Falcón Briceño si hubiera manera de ubicarlo en el Congreso. Esta vez la estada será bien ajustadita. No te olvides de reservar mi lugar en Pan Am también. ¿Podremos ir a Nueva York? ¿Cómo andarás de tu gripecita? ¿Y yo? Como decís vos. Tan enfermita que estás. Y yo aquí. Te beso mucho mi alma, mi esposita.

Carta de Florencia, fechada el 21 de agosto

Recibí tu carta N° 2 del 14/8. Combate por todos los flancos (El Diario, Flacso, hijos, dinero); ¡no te dejes vencer por ninguno! Ayer jugué a las cartas: aprendí poker. También jugamos black jack (21 ó punto y banca). Te sentí apurado por teléfono, que casi no pude disfrutar la llamada. Espero el miércoles con ansiedad.

Esta mañana temprano fui a notariar la venta del carro, y mañana debo ir a firmar. Me di una pasadita por Cancillería y llevé los papeles. Como estaba con mi hermana Trigal, la convencí para ir juntas a renovar el título de manejar; perdimos toda la tarde ahí.

Pienso concluir toda mañana temprano, y luego comenzar a "prestarle" el carro a Trigal.

¡Mucho cuidado con elegir nueva secretaria! Necesitás una persona colaboradora y eficiente... nada más.

Había pensado llamar a Carmencita, pero no me sentí convencida del todo, pues no sabía cómo le iba a resolver lo del carro. Quiero administrarme bien.

No me has contado cómo te fue con el tubo... ¿qué dijo Eduardo Mac?

Los días pasan muy lentamente; creo que en un tiempo irreal. ¿No sientes lo mismo?

Te quiero.

Florencia

23 de agosto

8:30 pm. Hablamos hace un rato. Yo tenía las manos llenas de masa, pues estaba preparando arepas para un batallón. Esperaba tu llamada desde las 5 de la tarde.

Mañana comenzaré el operativo Flacso. También lo de los pasajes. Haré contacto con los hoteles, para ver qué dicen los chantas.

Posiblemente vaya al aeropuerto con Trigal a esperar a mi madre (vos no entendés por qué no decimos "nuestra" madre, es una costumbre familiar), y Viasa, para variar llegará con retraso (5 horas apenas).

Tus llamadas me encantan, pero definitivamente me dejan una gran ansiedad. Quisiera prolongarlas hasta convertirlas en real contacto físico.

Supongo que te sentirás tan triste como yo hoy, con la falta de cartas. Te he escrito todos los días y he procurado enviarte cartas, o despacharte, también diariamente.

Ahora la máquina bota aceite y mancha el papel...

Trigal está furiosa porque mi (nuestra) hermana Osito juega con Carlota.

Hemos tenido noticias de todos los viajeros, menos de Pochita, la menor.

Lo que quise explicarte de las cortinas, es lo siguiente: Eduardo me mandó únicamente las bandas de tela, pero necesito los soportes que van dentro de las cortinas para colgarlas del riel; las planchitas de metal que se colocan dentro de las cortinas en la parte inferior, y unas cadenitas que unen cada banda –también en la parte inferior. Si los rieles pudieran venderlos seccionados (lo dudo), y si me quisieras demasiado, tal vez podrías traerlos (en Caracas, el solo riel y la instalación salen por más de 130 dólares). La medida es 3,20 m.

Estoy en el cuarto de Anina, y aquí están todas las multitudes, incluidos perros. Trigal sigue furiosa: es su costumbre.

La carta larga prometida, te la haré mañana, con las novedades sobre tus entrevistas. Ahora hay demasiado lío.

Te quiero intensamente. Te espero toda; te deseo todo el tiempo.

¿Y tú?

Un beso, mi amor

Martes 22 de agosto

Son las seis de la tarde en Flacso. Un día nublado, ventoso y frio. Te extraño mucho. Anoche comí con los "chicos" y luego tuve una larga charla con Marcelo, o sea el mayor, sobre su propia vida y conducta. Fue positiva. Tuve una mañana ocupada en Flacso. Cuando sepa que el Jefe se vaya de París y a México le escribiré a ese país insistiendo en mi ida por un mes o dos a NY por Flacso: luego lo llamaré desde Caracas. Ya ves que sigo con todo.

Al mediodía fui al club: bajé de 70 a 68.500. Mañana haré mi chequeo médico anual, para partir a NY cero kilómetro. ¡Leí que habría cambios en el gabinete de Carlos Andrés

Pérez, y que P. Guerrero reemplazaría a Consalvi! ¡Ojalá fuese así! No te olvides de pedirme las entrevistas, mi amor. Mañana por la noche volveré a comer con mis muchachos: quiero verlos seguido antes de irme a Nueva York. Todavía no tengo contestación ni del *Holiday* ni del *Beekman Tower*. Hoy tengo análisis a las siete y media, de modo tal que partiré temprano. Faltan dos semanas todavía para verte, ¡qué largo es esto! Mañana te llamo. Te adoro esposita.

Miércoles 23 de agosto

Faltan todavía 15 días para vernos. Son las cuatro y media de la tarde. Estoy en Flacso. Voy a llamarte esta noche temprano para contarte las novedades de que te diera cuenta en mis últimas cartas. ¡Llevo once días en Buenos Aires y todavía no recibí carta tuya! Hoy hablé con María Parra: parece que la operarán de un nódulo flotante que tiene en un pecho, pero por todos los síntomas, no sería maligno. De todos modos deberá operarse y lo hará aquí. Está contenta de estar en Buenos Aires, rodeada de los suyos y de sus amigos. Al parecer se había alarmado en exceso en Caracas, o por lo que el médico le dijo o por lo que ella supuso que le dijo el médico. Todavía no es fácil determinarlo. Hoy almorcé con mis amigos periodistas y esta noche como con los chicos. Fui a visitar a mi médico clínico para hacer análisis y radiografías, y partir tranquilo. Me encontró bien y mañana iré al laboratorio para extracción de sangre. ¿Y VOS? Tenés que hacerte el RH. Anoche me encontré con la carta tuya cuya copia te adjunto. Hoy lo llamé al secretario de un fuerte amigo político, y me dijo que habían despachado otra en respuesta a mi larga carta del 21. Y creo que lo veré el viernes por la tarde. Hoy tengo que llamar a *El Diario* en la noche. Estoy bastante ansioso por todo. Y te necesito y te extraño mucho... ni una carta, y vos ya tendrás dos o tres por lo menos...

Jueves 24 de agosto

Mi vida: hace diez meses nos vimos por primera vez en la Embajada. De allí a aquí pasaron bastantes cosas, ¿no? Ayer pudimos hablar por suerte y el domingo te llamaré por la mañana. Hoy recibí, gracias a las protestas de ayer, tu primera carta que es muy linda, la del 12.

Perdiste en las carreras y en las cartas el domingo. ¡El té es buenísimo! Te tendrás que llevar a NY una buena cantidad. Yo te extraño y te adoro. El sábado tengo que llamar a *El Diario* y en principio el lunes debería ir nuevamente para formalizar mi viaje, pero todo en términos, por ahora, de cubrir los diez primeros días, durante la estada del Canciller de Argentina. Veremos qué sucede en mi entrevista de mañana y una vez que esté yo en NY. Además, falta saber lo de Naciones Unidas. Estoy un poco tenso con todas las incógnitas. Esta mañana me hice los análisis y tendré los resultados el miércoles. Hoy iré, dentro de un rato, al consultorio de mi dentista. Anoche comí con mis hijos y mañana por la noche también lo haré. Con el asunto de NY tendré que llevar muchos documentos, máquina de escribir y algunos libros y papeles. No sé cómo voy a hacer. Por otra parte, no me animo a llevar ropa de invierno, pero debería llevar. Te imaginás lo que puedo ser yo organizando tal valija. Realmente, pensarlo me desespera. Son las seis y media y ya iré saliendo para el consultorio. Todavía no tengo contestación del *Holiday Inn* ni del hotel de NY. Mañana creo que pondré un cable, o el lunes al Tamanaco o el Caracas Hilton. Con el hotel de NY trataré de hablar por teléfono.

Te beso mucho

Carta de Florencia, fechada el 24 de agosto

5:30 pm. Al final, fui a recibir a mi mamá (llegó a las 3:30); fui a dormir a Los Geranios y nos quedamos conversando todas ¡hasta las 6 de la mañana! Me levanté a las 9 y vinimos a casa de Pina a almorzar. El carro me hace una falta enorme; dependo de los momentos libres del de Trigal. Sin embargo, ciertas diligencias las hago en carrito por puesto (etapa de austeridad); hoy, por ejemplo, fui a Relaciones Exteriores y retiré todos los documentos, para entregárselos a un intérprete público para legalizarlos en la Embajada Americana.

Pero lo más lindo de hoy –además de ser 24–: ¡cuatro cartas tuyas! Te las comento para que no me reproches después:

1- 15 agosto: conversaciones con tus hijos, trámites, reportaje de radio, visitas a amigos, saludo de Virginia y Fanchic (salúdalas en mi nombre).

2- 18 agosto: salidas con tus hijos, con Jorge a cenar, con los amigos que no aparecieron, casa de Guerrero M. Affaire de Marcelo con la fotógrafa chilena que es "muy interesante". Las morochas serán tranquilas y buenas como su mamá. Entrevista en El Diario.

3- 19 agosto: desde tu casa, con todos los chismes del Jefe. Aparentemente en NY. Foto tuya hablando por teléfono.

4- Carta al Jefe.

Aquí suspendí, porque tuve que encargarme de Federico. Luego, a las 8 pm, fui a la Embajada a una inauguración. Todo el mundo me preguntó por ti (los que te conocen y también los que no te conocen personalmente); parece que hay una gran preocupación por nuestras separaciones. Conocí a un amigo tuyo que fue gerente en Venezuela de la compañía que vende las cortinas. Me dijo que los precios son internacionales y que tal vez no vale la pena traer de Buenos Aires los ganchitos. Va a hablar con el encargado para que me hagan un buen precio. También vi a Freire y María Esther, con quienes cené.

Llegué como a las 12 a casa, y estaba supercansada; decidí acostarme a dormir y continuar hoy.

25 de agosto.

Amanecí con unas ganas enormes de llamarte. Mientras te escribo siento tanta necesidad de ti... Ocurre también, que cuando tanta gente me pregunta por ti, saco la cuenta del tiempo que tengo sin verte: 15 días. Corro a llamarte. Un beso.

Viernes 25 de agosto

Mi vida: acabo de recibir tu carta del martes 15: es decir, recibí la del sábado 12 y ésta del 15...¿y las otras? En cuanto a la nota 460, necesito saber además de la fecha en que salió por codip (el 11), si esa fecha es la de la nota en sí, si es la fecha en que fue firmada. Volviste a recorrer las librerías: *Contrapunto*. Sábato. Me prometiste en la del 12 una carta larga que no es ésta...¿llegará traspapelada días después? Me cuido y te quiero y te pienso todo el tiempo. Son las cuatro y cuarto de la tarde y estoy en Flacso.Luego fui con mis hijos a ver una película de súper acción: "Los gansos salvajes", con Richard Burton. Muy buena en su línea.

Parece ser que el correo interno funciona muy bien porque la carta que me anunció el secretario de mi amigo político me llegó ¡al día siguiente de haber sido despachada! Es muy positiva y cree que he dado los pasos correctos para obtener lo que busco. Que es NY, aunque todavía no sabemos por cuánto tiempo: mínimo diez días, máximo dos o tres meses ¿o seguimos? Nos da tiempo para saber lo de la ONU, lo de la radio y lo otro. Ya ves. En el aire, pero peor es nada. Te aseguro que aún esa pequeña cosa demuestra el interés y el esfuerzo de la persona amiga, ya que no se estila enviar especialmente a un periodista que no integre el elenco estable, salvo casos excepcionales. Dimos un paso: cortito, pero un paso adelante. La entrevista la tendré mañana sábado a mediodía. De tal modo, el domingo algo podré decirte, como impresión general. También el sábado tengo que llamar por la tarde a *El Diario* para arreglar tentativamente ir el lunes a formalizar la cosa. Se ve que ya estaba precocinado el asunto. Hoy me levanté muy cansado y no me siento bien. Tal vez sea toda esta tensión, y el hecho de que no duermo bien. O tal vez un amago de gripe. En la noche volveré a comer con Javier y Marcelo, y tal vez Diego que no sabe si va al cine con amigos. Sábado y domingo trataré de leer todo el día y escribir cosas e ideas. Vas a tener que ayudarme mucho en NY, por lo menos el primer tiempo: me refiero a mi trabajo en sí. Vas a terminar siendo periodista y escritora, además de TURQUITA. Te beso toda.

Sábado 26 de agosto

Mi amor: son las siete y media de la tarde. Anoche comí con los tres y después se esfumaron. Esta noche iré a comer a lo de Archi. En *El Diario* siguen sin querer abrir la Corresponsalía, y sólo el deslumbrarlos desde allá podría revertir la situación, cosa nada fácil por muchas razones internas que te explicaré personalmente, ya que es muy largo y poco claro. Entonces, la estrategia es durar lo más que se pueda; tratar de lograr también un mes por Flacso, y por supuesto obtener lo de radio en las Naciones Unidas con miras a que mientras el tiempo pase se solucione la incorporación al Departamento de Información. Además, habría que conseguir otras corresponsalías o colaboraciones, por ejemplo, "Auténtico" en Venezuela, y yo veré qué llevo desde aquí. Si la cosa no funciona, tendrá que ser venir a Buenos Aires. Pero la lucha recién comienza. Ir con todo arreglado y prolijo era muy difícil y no es de nuestro estilo, al parecer. Voy a necesitar mucho de tu ayuda moral y de tu esfuerzo personal para que me apoyes aún en el trabajo. Hay que inventar y producir cosas. Yo no doy por terminado el asunto, y además queda Naciones Unidas. Juntos nos sentiremos mejor para todo. Por algo tenés la "Orden del sol". Esta mañana te despaché una carta que te escribí ayer. El lunes despacharé ésta y mañana te llamaré. Te extraño cada vez más. Faltan 12 días. Se hace largo no tenerte. Me llamó ayer un matrimonio amigo, son chilenos. Han venido de visita. Son estupendos y algún día los conocerás. Mañana almuerzo otra vez en la casa de mi amigo Ismael Bruno Quijano, y después me encontraré con los chilenos. Estoy preparando una nueva carta para el Jefe, que se la enviaré a París donde llegará mañana y copia a México por las dudas. Desde Caracas lo llamaré a México para concretar que me envíe por Flacso hasta el 15 o 20 de octubre a Nueva York. Tengo que conseguirlo. Te adoro y te beso largamente.

Domingo 27 de agosto

Son las 20.25. Te hablé en la mañana y en la tarde. Te extraño mucho. Mañana empieza mi penúltima semana y será muy activa. Recordá por favor: Pan Am. Audiencias ¿*Holiday Inn*? Que no me contesta. Fecha nota N° 460. Tu licencia para conducir. Legalización de tus papeles. Legalización Acta de Matrimonio. Y si podés encontrar entre papeles el CV que llené para la ONU cuando estuvimos en Nueva York. Estoy

ansioso por saber si logramos o no establecernos efectiva-
mente en NY. ¿Volvió Wilma? Te lo pregunto por el depto que
compró allá. Te llamaré el miércoles y recordá no enviarme
cartas a partir de mañana porque llegarán después de mi partida. ¡Hasta ahora recibí sólo tres cartas tuyas en 16 días!

PD: Anoche comí con Archi, una amiga de él y un matrimonio, también de su amistad. Fuimos al Tiburón, en la Boca
y luego nos quedamos charlando en la casa del matrimonio.
Hoy volví a almorzar con Quijano y su mujer (la segunda):
fuimos al *London Grill*. Luego dormí siesta y después te llamé. Te beso mi amor

Lunes 28 de agosto

Son las 19.25. Acabo de regresar de *El Diario*. Por ahora
me envían hasta el 15 de octubre. Mañana tengo que ir a la
agencia de viajes de ellos y veré qué es lo que tienen desde
Caracas. Ya te avisaré. Tengo que ocuparme ahora de la ONU
aquí y al llegar a Caracas llamarlo al Jefe. También hablar con
"AUTÉNTICO" para arreglar de enviarles material. Lástima
no tener conexiones en el "NACIONAL" o en el "UNIVER-
SAL". Porque lo que se hace para *El Diario* se puede aprovechar para otros y se multiplica la ganancia: tema para "Tur-
quitas". Me refiero a la multiplicación de las ganancias. .

Por suerte voy a estar ocupado estos días de tal modo que el
tiempo se me pasará más rápido. Te adoro mi bien. Te extraño
mucho. ¿Y tu gripe? Te beso.

Carta de Florencia, fechada el 28 de agosto

Mi amor: son las 9:15 pm. Tengo 38 y medio de fiebre y tu "amiga"
del 11 de noviembre. Tú estás en Buenos Aires. Tan lejos...

Ayer quise escribirte en la noche, pero te juro que no podía ni
levantar un dedo, además de tener la cabeza totalmente embotada.
Pasé una noche muy mala, con mucha fiebre (aunque tú no lo creas).
Hoy no ha bajado de 38. Lo único que me hace feliz es que perdí el

apetito. Si la gripe me dura una semana, cuando llegues voy a estar como una modelo. De Pochita se ha sabido poco, pues la única carta que llegó es para Carlota y Trigal se puso furiosa. As usual.

Me haces una falta enorme; quisiera tenerte cerca siempre.

¿Me quieres como te quiero?

30 de agosto

Acabo de hablar contigo; te horrorizas de todas mis enfermedades. Mi amor, yo no te digo las cosas para mortificarte: todo lo que yo te cuento por teléfono se refiere a cosas o sucesos que no tienen mayor trascendencia. De todas las enfermedades de que te hablé (gripe, cordales, cistitis, etc.) lo único que me tiene realmente preocupada no te lo dije (ya podré contártelo aquí, y también te aseguro que —llegado el momento— habrá perdido importancia).

Llueve muchísimo hoy. Mañana espero que haga un día lindo para poder terminar mis trámites.

Dulce mío, tengo que dejarte pues voy a dormir a Los Geranios para que Trigal me preste el carro...

Te quiero tanto...!

Miércoles 30 de agosto

Mi Florencia:

Ayer fue tal el día de locos que tuve, que no pude ni escribirte. Es que además, vuelvo a estar sin oficina porque está colocando mamparas. Conseguí mi pasaje vía *El Diario* y, según parece, Buenos Aires tiene cupo en Pan Am y yo el okey para el 16 de septiembre. Pero cuando llegue a Caracas habrá que chequear o mejor chequeá vos directamente por teléfono a Pan Am si estoy OK. Quizá habría la posibilidad de sacarte yo el pasaje desde aquí: no orden sino pasaje como si estuvieras en Buenos Aires, pero tendrían que inventar una fecha de salida tuya desde aquí. Las agencias siempre hacen esas trampas, pero a mí me dan mucha inseguridad. No sé qué pensás o qué querés que haga. ¿El agente de ustedes, Ramiro, te conseguirá o no? Hoy voy a tratar de llamarte para consultarte todo esto porque mañana debería comprarte el pasaje. Tengo que ir a la conferencia pero todavía no estoy acreditado y el Jefe me ha enviado desde Chile, antes de partir para París, un montón de cosas que hacer. ¡Estoy realmente tapado y sin oficina! Es de locos esto. Hoy tengo un almuerzo (ayer tuve otro y una cena. Mi dentista ya me revisó, limpió y me dejó perfecto). También tengo que retirar los análisis y llevárselos al médico, e ir a *El Diario* a buscar la orden para los viáticos... Te pienso y te adoro en medio de tanto caos y desorden. Te beso mi amor

PD me llegó el cable del OK del Hotel de Nueva York. Nada del *Holiday Inn* ni del Tamanaco.

Jueves 31 de agosto

Mi vida: estoy mal hoy y te lo digo porque no podré seguramente disimular mi estado de ánimo a través del teléfono cuando hablemos el domingo. Estuve con la gente de NU en la conferencia, y fracasó lo de radio porque designaron a una mujer del día a la noche, y porque el cargo permanente existe pero la cuota de argentinos está cubierta y pasada. De tal modo, vamos sólo con *El Diario* y hasta el 15 de octubre. Luego, si no aparece nada, o un milagro deberemos volver a Caracas. Y viajaré a Buenos Aires y en 15 días trataré de conseguir nuestro depto para pedirte que te vengas con todos tus peroles. No era lo más deseado por los dos, pero por ahora, salvo milagros o cambio de situación de aquí al 15 de octubre (45 días), no veo otra posibilidad. Estoy bastante caído, y lo único que me sostiene es saber que pronto estaremos juntos y ello nos dará más fuerza. Sé que podré contar con vos, de cualquier manera. De todas formas, trataremos de no gastar mucho para que podamos afrontar la eventual venida a Buenos Aires del mejor modo posible. Dios dirá. Estoy muy deprimido y mi cabeza estalla de dolor y tal vez de bronca. Espero por lo menos, convencer al Jefe de ese mes que queremos estar en Nueva York, porque podríamos ahorrar algo, aparte de lo de *El Diario*.

Te beso y te quiero mucho. Perdoname estas malas noticias. Te aseguro que la situación no depende de que no haya hecho yo lo necesario.

PD: Tal vez si lo que hacemos de *El Diario* es brillante, podamos continuar.

Carta de Florencia, fechada el 31 de agosto

Pasé una noche inquieta, aunque la gripe tiende a desaparecer. Osito me ayudó con unos trámites en la Embajada Americana. Esta tarde voy a cambiar mi cédula y mi pasaporte (estado civil).

Me molestan un poco las muelas que me van a sacar el sábado y eso me tiene de un humor de perros. Para rematar, cuando llegué a casa de Pina estaba una vieja cacatúa que es "el ave de mal agüero", a quien no soporto. Cuando yo no quiero a una persona, no lo puedo disimular. A Pina le dan ataques por la cara de perros que pongo, pero no puedo disimular nada con esa vieja harpía (si no me crees, pregúntale a Carmencita).

Esta noche voy a deshacer las maletas, para hacer ésta de un mes para New York.

Carta de Florencia, fechada el 1° de septiembre

TRES MESES DE CASADA... ¡y solita!

Ya casi son las 10 pm. Me alegró muchísimo hablar contigo (malas noticias aparte), pues todo este lío de las enfermedades me tiene los nervios alterados. Ayer casi me da un ataque haciendo un trámite; lloré como loca y lo único que necesitaba era hablar contigo. Afortunadamente, todavía tengo reservas de sensatez y me contuve, pues no quería −ni quiero− cargarte con problemas, a menos que sea absolutamente necesario.

Sobre lo de NY, ya te dije mi amor que si estamos juntos, el lugar o la ciudad que sea se convertirá en lo más hermoso de la tierra. Por supuesto que NY ofrecía una cantidad de cosas interesantes desde el punto de vista profesional y humano; sobre todo sabiendo cómo andan las cosas en la Argentina. Sin embargo, tú y yo sabemos que las alternativas interesantes siempre las vamos a tener a mano.

No te imaginas lo que he sufrido desde el miércoles para acá. Empecé a rechazar las medicinas y para más colmo tengo desde ese día problemas con la cordal. Hoy fui al dentista, me puso un remedio y si mañana estoy bien me sacará la muela. No veo el momento de terminar con esto.

Y ahora en lo único que pienso es que en menos de una semana estarás aquí, que todo cambia y se hace más fácil.

Viernes 1° de septiembre

Mi vida: son las 19.30: recién me llamaste mi amor. ¡Qué lindo! Habías recibido mi telegrama de aniversario. Sos tan amorosa como novia-amante-esposa, tan dulce, tan tierna. Hoy estoy menos deprimido que ayer. Estuve en la Conferencia que sigue siendo un caos. Fui a Salimos, el club y le llevé al médico radiografías y análisis: TODO NORMAL. Volví a Flacso por si llamabas... Dos veces sonó el teléfono y no conseguían por lo que me di cuenta que el llamado era del exterior, y enseguida pensé que podía ser el tuyo. ¡Te quiero y te extraño tanto! Falta una semana todavía pero tengo infinidad de cosas que hacer. Mañana sigo, porque ya no te enviaré las cartas, aunque ésta podría despacharla hoy.

Un beso larguísimo

Domingo 3 de septiembre

Mi amor: acabo de hablar por teléfono con vos (hace una hora). Ahora estoy en casa aunque te escribo en papel de Flacso. Como te dije, ayer tomé frío y hoy estoy como engripado. Por eso me notabas con la voz baja, menos cantarina. Pero ya mejoraré. Ayer vi "El huevo y la serpiente " de Bergman: muy buena. Leí y preparé cosas para Nueva York. Estoy deseando que llegue el viernes. Ayer también despaché carta pero ésta la guardo para llevarla personalmente.

Te beso

Lunes 4 de septiembre

En Flacso a las seis de la tarde volviendo de la Conferencia que sigue siendo un caos, como mi oficina. Buena noticia: el Jefe habló por teléfono y quería hablar conmigo pero yo no estaba. De todos modos me anticipa su conformidad para que vaya a Nueva York: veremos los términos cuando pueda hablar con él desde aquí o desde Caracas. Esto es bueno como dicen tus tías. Otra buena noticia fue tu sobre con múltiples y maravillosas cartas: del 21 acusando recibo de mi carta número 2. Ida con Trigal a renovar licencia de conducir. No llamaste a Carmencita. Me preguntas por Eduardo Mac y me pedís que cuide la elección de nueva secretaria. Ni pensé en nueva secretaria. Quiero que por ahora seas vos mi "secretaria". Continúas el 23 después de mi llamada, preparando arepas. Falta de cartas y la máquina loca que suelta aceite (bota aceite). Trigal furiosa… qué raro… lo de las cortinas. O RH + ¡exactamente igual que yo… grupo 0 universal y RH positivo! No hay problemas. Y todo tu amor y el mío. 24: llegó la mamá. Austeridad en el transporte. Recibiste cuatro cartas mías y además las comentás. No lo puedo ni creer. O sí. Luego la del 25 cortica y corrés para llamarme. Y yo te adoro y tengo tanto que hacer antes de partir esta vez, y es un viaje tan especial éste de ahora. Un desafío. Una prueba más. Pasamos tantas ya. Siempre como dando examen. ¿Nos doctorarán en amor? Mañana martes, el miércoles te llamaré y el jueves. Tendré tres días de locos. Te beso toda, absolutamente toda.

14 de septiembre

Mi amor:

Si no te necesitara tanto y si vos tampoco me necesitaras, yo hubiera preferido hacer esta etapa tan decisiva solo, para que no tuvieras que sufrir estas circunstancias de mi tensión, preocupación y nervios que me impiden ocuparme totalmente de vos con ese cariño intenso y demostrativo que necesitás todo el tiempo, como cuando te quedás "paradita" con tus brazos al costado de tu cuerpo mirándome. Siempre me trataste aquí o en Buenos Aires, ocioso, de vacaciones o con el único trabajo de esperar una audiencia, ver a alguien o redactar algún memo. Nunca me viste activo, trabajando, en condiciones normales. Y la primera vez que te toca hacerlo, las condiciones no son normales, lo que empeora la cosa. Por ello, te pido comprensión. Tu lugar es el primero aunque en este tiempo no lo parezca y me veas más en la búsqueda de lo profesional que en tu propia búsqueda. Tené en cuenta lo precario del tiempo para armar esto y lo frágil de mi situación. Lo único sólido es tu amor, y por ello, tengo que descansar en él, lo que puede ser tomado como desatención no lo es. Sólo es que tengo mis espaldas cubiertas por vos y no tengo que darme vuelta (voltearme) con temor. Miro más adelante y a los costados que atrás. Y atrás estás vos cuidándome.

Carta de Florencia, fechada el 22 de octubre

No te escribí antes, pues tenía la cabeza todavía revuelta por todos los detalles de la despedida. Como te dije hoy, el regreso a Caracas fue un poco accidentado. El sábado encontré tus rosas y la tarjetica, pero sólo me sentí verdaderamente feliz, cuando hablé contigo esta mañana.

Hoy jugué al poker y perdí (como corresponde).

Me he sentido un poco mejor, y aunque tengo el estómago delicado no he tenido náuseas. De todas formas mañana comienzo dieta para cuidarme. Vi a Luis hoy y le di gracias por el artículo sobre Flacso.

¿Sabes que me parece un sueño todo el tiempo compartido? Y sin embargo, por momentos se me ocurre todo lo contrario: que mi realidad trasciende más allá de este ámbito de tatos años, y permanece y vive en ti, donde tú estés. Y prefiero creer en esta realidad, aunque sólo se alimente de sueños.

Y te vi marchar así, tan buenamente, con sonrisas y besos, dominando buena parte de mí. Casi inmediatamente pensé que Manuela Sáenz nunca dejó ir solo a su Simón, a pesar de ser otros tiempos. Tal vez me he vuelto cobarde o, peor aún, demasiado retraída tratando de no cometer torpezas. Sé que mi lugar está aquí, firme, tranquilo y verde como las montañas... pero puedo jurarte que me lastima tu ausencia.

No podemos negarnos el tiempo, porque sólo el que logramos compartir nos pertenece.

Mañana me voy a levantar temprano para tratar de hacer un montón de cosas (la lista es enorme). Supongo que a ti te pasará igual.

Ahorita tengo un sueño terrible, supongo que se debe a que no dormí bien anoche y después de hablar por teléfono contigo no pude acostarme otra vez. Pero ¡qué lindo fue!

Te beso con toda ternura.

Florencia

BUENOS AIRES, lunes 23 de octubre

Mi amor: te imaginás en medio de la locura que estoy después de 42 días de ausencia. Son las seis de la tarde y acabo de hablar con el Jefe que está con el resto en Quito. Recién vuelven el viernes 27, de modo tal que mi memo será preparado recién esta noche. Prefería hacerlo –ya que él no estaba– teniendo alguna conversación para saber cómo andaban las cosas por la Flacso en general y qué esperaban. Hablé con Ramallo, de la oficina de París (Unesco) y está totalmente de acuerdo con mi memo anterior y con lo que le conté de trabajar desde Washington DC para el continente. Terminé con todo el material para *El Diario* y sigo enredado con papeles y mucho peor sin Ana. Tendría que contarte mil cosas de sentires y pesares por tu ausencia, pero ni tiempo para eso tengo… ¡qué horror! Pero te extraño mucho, Florencia. Yo vivo entre la tierra y el cielo, atrapado por los papeles y los memos. Ni de los ovnis puedo ocuparme. Ayer vi en cine "El enemigo del pueblo" de Ibsen: una maravilla. Llamé a algunos amigos pero no tengo tiempo por ahora de encontrarlos.

Te beso mucho y parto para *El Diario*.

Martes 24 de octubre

Mi amor: hace un año te vi por primera vez. Faltan veinte para las seis, como dicen en tu tierra, y espero tu llamado. Tendría tantas cosas para decirte, pero esta distancia y la pobreza del lenguaje escrito y la Flacso y los informes… me arrechan. Todo lo que pasó en un año. El adentro de uno, de cada uno. Yo ya no sé exactamente cuál era mi adentro sin vos. Creo que me sentía con un ciclo cumplido, y no estaba para nada o para cualquier cosa. Tal vez pensando que haría de mi vida en el futuro. Si había siquiera futuro. No podía entregarme al mundo ni vivir totalmente fuera de él. Ni terrenal ni metafísicamente. O terminar del todo después de haber hecho tan poco, pero al fin lo que había podido. Y para qué seguir. O hacer una despedida rimbombante, pero podían pagar la cuenta los muchachos. Y apareciste vos. Pero cuando yo estaba con el máximo de decisión y energía me estrellé contra un muro que no había advertido. Me hice pedazos. Luego traté de recomponer las piezas, como pegadas con poxipol. Vino el libro, y quizá con el tiempo hubiera llegado al mismo punto que el 24 de octubre, pero con una herida profunda, es decir, tal vez dispuesto a continuar por inercia solo, pero nunca dispuesto a recomenzar un ciclo vital, porque estaba realmente muy cansado. Y fue tu llamado en abril, justo cuando terminaba el libro y te trataba de transformar en literatura. La vida se impuso al hecho literario. Después fue creciendo, pero ya no necesitabas mi impulso porque tenía el tuyo propio. Yo creo que miraba todo asombrado e incrédulo; la verdad, qué incrédulo, casi hasta la última vez en Nueva York, cuando recién creí todo, y te resentiste y tenías razón, pero no sabías lo que me estaba pasando a mí por dentro. Ni la familia ni los papeles me decían casi nada, pero "las morochas"... Entonces, en medio de esa situación en que todo era tan difícil y veía tambalearse la posibilidad de USA, etc. Lo que debió ser despertar a la verdad y a la alegría, se me transformó en una inmensa RESPONSABILIDAD en mi peor situación de poder darte cosas y afirmar lo nuestro. Por eso me sentí tan mal en Nueva York. Hasta Washington, cuando recobré las esperanzas de poder volver a la carga con la meta. ¿Te das cuenta mi amor? Yo te pido perdón por los malos momentos que te pude hacer pasar, pero es que me sentía muy mal. Tal vez te resulte difícil comprender, pero aunque puedo volver a luchar por todo, necesito a esta altura de la vida, tener un piso debajo de los pies: no puedo a mi edad, jugar al contigo pan y cebolla. Entonces es fundamental que obtenga lo que busco para los dos y para toda la situación. Lugar y trabajo y remuneración adecuados. Faltándome eso, estoy en el aire y me caigo. Tengo que dejar lo que dejo bien, y empezar lo que empiezo, ahora súper acompañado, también bien. Y no de cualquier manera. Por eso me sentí muy mal en Nueva York y te hice sentir mal a vos. Pero ya pasó. Ahora estoy de nuevo en la lucha, entre la metafísica y la tierra, con mi niña, con mi adorable niña. Me gusta mi niña, la adoro. Sigo atascado con todo lo de Flacso y recién tengo un borrador del informe. Tampoco pude conseguirme a un amigo que va al Banco Mundial. Y debo preparar los CV para dárselos antes de que se vaya a Washington. Creo que el Jefe quiere ir él a Caracas entre el 15 y 17 de paso para Canadá, de ida o vuelta, y también pasará por Washington. De tal modo, tengo que inventar algo rápido: hacerlo desistir o hacerlo pensar que debo ir con él, mientras tal vez se decide todo lo demás. Ya hablaré con él el lunes 30 porque llega el viernes por la noche, y vendrá con mufa que tal vez se le pase durante el fin de semana, porque hoy llegó a un cable de La Paz pidiéndole suspender el famoso viaje. Luego llamaste vos y qué lindo fue oírte pero me quedé triste porque tu voz estaba triste. Esto de estar separados es horrible, pero es lo que yo me imaginaba en Nueva York. Que teníamos nuevamente que separarnos. Todo esto así me pone mal, pero es inevitable. Si hacemos las cosas de cualquier modo, por desesperación, vamos a destrozar una cosa muy importante y linda. Tengo demasiada experiencia de la vida para no darme cuenta de cómo se puede afear lo hermoso. No nos dejemos vencer por la desesperación aunque estemos super impacientes por estar juntos. Sabés que estoy haciendo todo lo que debo hacer para que ello se cumpla pronto. Olvidépreguntarte si habías comprado la revista *Auténtico*.

Los muchachos vieron aquí "Raíces" por TV y quedaron fascinados. Te beso mucho mi amor.

¿Se vienen las morochas? ¿Son realmente dos o es una solita?

Miércoles 25 de octubre

Mi amor: ayer, después de la charla telefónica me fui poniendo cada vez más deprimido, cosa que remató el oscurecimiento de la ciudad entre las diez y las once de la noche. Me has hecho sentir muy mal pero vos no tenés la culpa de ello sino yo. Calculé mal el tiempo de las cosas y entonces te hice dejar muy rápido el empleo y vender el auto. Pero ocurre que si seguías trabajando, aparte de considerar yo que dicho trabajo era ya una súper rutina, casi droga, que te impedía tu vida intelectual, tampoco me podías acompañar a Costa Rica, Nueva York, la primera y la última vez, ni estar juntos como estuvimos todo el tiempo de las veces que fui por Caracas. En cuanto al auto, me aterraba que lo tuvieras sin seguro, siendo todo tu capital para pagar algunas deudas. Pero de todas maneras, yo no pude hacer las cosas en el tiempo previsto, y me hace sentir realmente pésimo e impotente a esta altura de la vida, no poder darle a la mujer que quiero, ni mi compañía ni un lugar propio de los dos. Sos la esposa de un marino sin casa, aunque tengas prácticamente tres, una propia y dos a medias. Pero yo, en Buenos Aires otra vez. Te digo que me siento muy ridículo y te desubico a vos. Me jode que andes paseando tu soledad por Caracas y con todo el mundo preguntándote por mí. Comprendo cómo te podrás sentir. No sé si querés ir a pasar este tiempo a la casa de Carmencita, no sé qué decirte. Supongo que no querrás leer ni escribir, pero yo tenía la esperanza de que hicieras eso si no conseguías un trabajo provisorio. Los libros que te fui regalando durante un año, que deben ser unos veinte quizá, era para que estableciéramos una mayor comunicación, y eso sigue siendo válido también hoy. Se me ocurre que tenés que tratar de aquietarte y no angustiarte. Ver solo gente muy pero muy amiga y poner en orden todas tus cosas y algunas otras de las que nadie se ocupa si no está vos. Por ahora todavía estás y podés hacerlas. Tal vez me quieras decir que en lugar de darte consejos, haga yo lo que debo hacer, pero es que lo estoy tratando de cumplir. Son las diez de la mañana y tengo que ir al centro para conseguir al amigo que nombraron en el Banco Mundial. Me espera en su oficina a las once y a las tres de la tarde parte para Washington. Lo conseguí justito.

Tengo que tratar de que estés bien aunque separados, porque saberte mal me daña y me deprime. Y sabés bien que cuando entro en depresión, me inutilizo totalmente.

Te doy un beso muy largo

Carta de Florencia, fechada el 26 de octubre

Afortunadamente hoy me siento mejor, física y anímicamente; tal vez porque espero tu llamada. O puede ser porque dormí 10 horas anoche. Me preguntaron mucho por ti José María y María Esther; ella me dijo que éramos unos chantas que más nunca los habíamos llamado.

Anoche, además del sueño larguísimo, fui a la inauguración de la muestra de Vidal (Haydée me pasó recogiendo por casa de Pina): vendió todo. Tu amigo el embajador me dijo que tenía una foto tuya de tu última pasada por el aeropuerto, y que me la quería regalar.

Ahorita son las 10 de la mañana; me levanté hace poco, pero quería escribirte como primera actividad del día, aunque no esté aún muy lúcida. Pienso pasar el día arreglando cosas.

Para mí el tiempo parece detenerse, en estos días tan grises de las últimas lluvias; me parece asistir a las mismas situaciones y repetir los mismos diálogos; esa monotonía que se irá acentuando hasta la hora del almuerzo, cuando un intenso sopor se apodera de los moradores de mi casa y puedo entonces vivir silenciosamente todos los sueños y añoranzas.

Hace unos días me quejé amargamente por toda esta situación que nos obliga a pasar mucho tiempo lejos uno del otro, pero ya he recuperado la confianza y mis únicos pensamientos son para ti y toda esa maravillosa felicidad que le has dado a mi vida.

Jueves 26 de octubre

Querida Florencia: sigo muy mal por nuestra situación y la distancia. Debe criticarme todo el mundo por esta vida que te hago vivir. Realmente es un desastre. En cuanto a lo del embajador, puede llegar a suponer que fue una loca idea mía y quedaré como un irresponsable, ya que cuando me ha podido hacer favores, me los ha hecho, pero nunca le pediría yo una cosa que lo pusiera a él expuesto a la fácil crítica de favoritismos imposibles. Y si él hubiese aceptado la proposición de Pete K, te imaginás qué se hubiera comentado en ese conventillo que representan la embajada y el consulado juntos. Y los que sabés se habrían encargado de hacer llegar a Buenos Aires que el embajador hacía un doble juego en beneficio de la mujer de un amigo, etc. Una cosa era obtener licencias especiales, que nadie puede controlar, y otra era esto que quedaba absolutamente a la vista y documentado. Pete K es muy bueno pero no tiene experiencia administrativa ni sabe con los cuervos que lidia. Pasando a otro tema: murió hace dos días Francisco Luis Bernárdez, y me dio pena aunque ya era un hombre de 78 años. Contale a tu padre. Son las 9:30 y esta tardecita trataré de llamarte. Ayer hablé con el Jefe que por suerte no pudo hacer la conexión a La Paz y lo paramos en Lima. Llega el viernes. Está rompiendo que da gusto. También ayer, a las once, lo conseguí al amigo a quien le entregué mi carta personal y el aviso para que esté atento en el Banco Mundial. Vía *El Diario* todavía no tengo noticias pero supongo que la semana próxima sabré si quieren cubrir conmigo las elecciones en Caracas. También mandé la carta a Brasil por la invitación. Desde que llegué hasta hoy, para Flacso, *El Diario* y cartas, llevo escritas unas cien páginas a máquina... estoy harto, pero por suerte ya termino lo principal y tengo los memos para el Jefe listos. Ahora tendré que confeccionar los dos boletines informativos que lo tienen tan nervioso. Prefiero escribirte en la mañana, porque no sé cómo me tratará la tarde, salvo esos momentos de tranquilidad, cuando me quedo aquí solo esperando tu llamado y pensando todo el tiempo en vos.

Te quiero y te beso toda.

Carta de Florencia, fechada el 27 de octubre

Son las 5 pm. Acabo de llegar a casa y me esperaban tus cartas. Las primeras. La chiquitica, con todos los chismes de Flacso. Hoy te despaché un recorte sobre Ovnis. Y la carta del 24, linda y larga. Yo también pensé mucho todo lo que pasó ese día y los que vinieron después; con sucesión de momentos tan difíciles para luego reencontrarnos para siempre...

Entiendo lo de New York; igual entiendo tu necesidad de definir tu ámbito de trabajo y tu estabilidad. Y yo sabré esperarte, pero no con la tristeza de ese mismo día, cuando difícilmente podía contener las lágrimas. Voy a hacerlo como tú lo esperas.

Hoy tuve una entrevista muy interesante en la oficina donde trabaja Haydée (Oficina Metropolitana de Urbanismo), pues fui un poco buscando un puesto como oficinista, sin grandes pretensiones, y me ofrecieron una posibilidad muy buena en el departamento de información. El lunes tengo que llevar constancias del Colegio y de la Embajada, pero ya llené la planilla. Si se resuelve la cosa, ingresaría inmediatamente. Tiene una enorme ventaja, que es que ellos tienen vacaciones colectivas a partir del 10 de diciembre, lo que me permite percibir el sueldo de ese mes y renunciar a partir del 1º de enero. Por supuesto no dije nada de las "morochas" que ya no son tales, sino una niña que se llamará Natasha, ni mis intenciones de trabajar temporalmente: lo único que no pude, fue negarte a ti: dije que era casada.

Me preguntaste por teléfono si "estaba gorda": NO.

Anoche tuve un sueño extraño: afortunadamente duermo sola. Mi pobre subconsciente. Te recuerdo muy bien.

Y yo... TE QUIERO TANTO...

F

Viernes 27 de octubre

Querida niñita mía:

Ya no serán las morochas sino una sola: Natacha. ¡Qué felicidad! Pero además, qué responsabilidad la mía. Por eso ayer hablamos y te dijeque me quedé desde el otro día muy depre. Aquí acabo de hacer daño por otras razones: las que te conté el día de la salida; a vos también te estoy dañando con la distancia y con todos los aprestos prematuros que te hice tomar. Es decir, que todo lo he venido haciendo mal, y se me escapan las cosas de las manos porque por más que haga, las decisiones que puedan modificar mi vida –a partir de un mínimo de base– no las puedo tomar yo, sino que tengo que convencer a otros que las tomen, lo cual no es siempre fácil o posible. Por ejemplo, anoche me encontré con una carta de la persona cercano a la cúpula de *El Diario* que te transcribo parcialmente.Hay dos; la primera es contestación a la que le hice desde NY: "Le agradezco que me haya escrito narrando sus actividades en NY. De todos modos, dado que nos conocemos desde hace tiempo, yo en ningún momento dudé del empeño con que usted está cumpliendo su función. Tanto nuestra amistad como mi reconocimiento a su idoneidad profesional me llevaron a realizar la gestión que hice. Y confío en que todo marche bien (se refiere a mi carta donde le digo que no se publican todas mis notas, etc.)".2ª, fecha 25 de octubre: "...bastante me ha obsequiado usted con los servicios que me ha prestado y las informaciones que me ha hecho llegar, en la que, como con su obsequio he podido ver las huellas de su afecto y amistad. También quiero agradecerle el memo y el material que me envió. Contiene datos abundantes y muy útiles...le reitero que me consta la dedicación con la cual usted cumplió su trabajo. El tema de la corresponsalía me preocupa, pues quisiera darle una respuesta definitiva y encuentro dificultades para hacerlo. No descarto el proyecto que usted propone, con vista al año próximo, pero quisiera pensarlo un poco más antes de adoptar un criterio definitivo. Entre tanto, me parece conveniente seguir con las colaboraciones esporádicas hasta encontrar un clima favorable, pues ahora tendría que forzar las cosas de un modo que, por muy diversas razones, usted comprenderá me resulta muy inconveniente o prácticamente imposible. Ya tendré el gusto de que cambiemos algunos párrafos. Un fuerte abrazo".

Ya ves la dilación. Ahora espero al Jefe, pero insistiré en *El Diario* con la cobertura de las elecciones en Venezuela. Son las 12:30 y dentro de un rato me iré al club a descargar y cargar mis baterías.

Te quiero y te beso mucho

PS: ¿qué hubo de Calzadilla?

Lunes 30 de octubre

Mi amor: ya es mediodía y voy a almorzar a lo de Archi. El Jefe no vino todavía. Tal vez venga por la tarde. No tengo mayores novedades de ayer. Almorcé con Martha y Miguel como te dije por teléfono. Aunque cuando hablemos, lo reiteraré, sería bueno –salvo modificación posterior– que me fueras reservando dos pasajes distintos en dos agencias también distintas: para el 4 u 8 de diciembre, según se pueda conseguir, dado lo difícil que son esas fechas en Caracas: uno para Buenos Aires en Aerolíneas Argentinas, el lunes 4 o el viernes 8; y el otro para Nueva York por Pan Am, salvo que hubiese un vuelo directo a Washington en cualquiera de esos dos días o entre esos días (4 y 8), sin cambiar de avión. Porque para tener que cambiar de avión, prefiero llegar a Nueva York. ¿Qué significa esto? Es como un ejercicio o anticipación de posibilidades y deseos. Uno de ellos es que pudiera viajar a Caracas hacia fines de noviembre por *El Diario* o por las mías para verte y resolver según las posibilidades, el futuro inmediato. La otra es que viajara porque se resolvió favorablemente lo de Washington y ya tengo que seguir para allá a buscar casa. Ya veremos. Pero como sé que diciembre es malo allá para salir hacia donde sea, quiero anticipar reservas. Me imagino que nadie se moverá antes de las elecciones, pero si después... Si viajo a Washington, tal vez tenga que adelantarme si paso por Caracas para verte, y salir de allí antes del 3, si es que ya sé con anticipación que después del 3 no hay pasajes para el Norte ni el Sur... Otra cosa que hay que pensar es ir tratando de legalizar nuestra situación en Venezuela, por Natasha, ya que me dijiste que el asunto es largo. Hablá con la abogada amiga. Te doy un beso y me voy volando al Centro. Te adoro,
Un beso largo

Carta de Florencia, fechada el 31 de octubre

Son las 10 am y acabo de recibir tu carta del pasado miércoles 25. Mi amor, te ruego nuevamente que no sigas pensando en que has hecho mal las cosas, aunque se haya prolongado el tiempo de espera para resolver las nuestras. Jamás te he presionado ni para solucionar tus problemas personales, ni para resolver asuntos profesionales: lo único que me ha interesado es saberte bien y ayudarte en el plano humano; por otra parte, he tratado buenamente de aprovechar el compás de espera aunque no haga exactamente las cosas importantes que tú (y yo también) esperas de mí.

Tampoco "paseo mi soledad por Caracas": mis salidas se limitan a las rutinarias (banco, correo, etc.); la sola excepción fue la muestra de Vidal. Por supuesto que me siento sola; pero es inevitable estando separados. Coincido contigo en que las preguntas de todo el mundo me provoquen cierta mezcla de halago y nostalgia que más tarde se convierte en una profunda añoranza. Peo yo sabía, cuando nos casamos, que nuestra unión no iba a ser inmediata, desde el punto de vista físico, se entiende. También podría decirte que a mí también me jode que tú te sientas solo y que lleves también solo la carga de tu traslado. ¿Entonces?

Yo creo que lo que nos pasa es que hemos tratado siempre de no darnos excesivas preocupaciones, y la sola expresión de angustia por parte de cualquiera de los dos nos daña y nos afecta más de la cuenta. Pienso que estamos hipersensibilizados por toda la situación que nos lleva de vuelta un poco a las inseguridades que acumulamos desde siempre, desde la infancia hasta hoy.

Mi caso particular es ese: los recursos que rechazo son siempre los que afectaban mi estabilidad. Y no me refiero a las dudas afectivas, pues creo que no las experimenté o no las sufrí: me refiero a los cambios de lugar y situación que en mi familia fueron muy acentuados. Con esto quiero decirte que no dudo de nuestro amor ni de lo que vamos a alcanzar; sólo me siento un poco "extraña" por momentos.

Además, mi amor, ahora me siento un poco inhibida de explicarte mis estados de ánimo, pues no sé de qué forma puedan afectarte. Y necesito confiarte todas estas cosas, pues la "nueva presión" familiar me ha aislado prácticamente. Para que no me pregunten estupideces todo el tiempo, entro en una especie de silencio interrumpido por monosílabos. Tal vez es porque mi situación despierta curiosidad o porque ahora paso mucho tiempo en la casa. Imagínate lo que podría ser si se me ocurre mencionar a Natasha.

No sé si soy muy reiterativa o si me explico con poca claridad, pero escribo con apremio aunque recibas mis cartas con tanto retraso.

Releyendo un poco lo que me dices, llego a la conclusión de que por momentos te sientes responsable por cosas que escapan a tu voluntad. Ni tú ni yo podemos hacer nada, sólo proponer y esperar. Yo sé esperar, aunque me imagines como una niñita caprichosa.

No soy para estas cosas un ser tímido y asustado; soy un ser humano adulto con deseos, inquietudes y sueños. Soy una mujer que te ama y que extraña tu imagen, que esperará todo lo que haga falta para encontrarse contigo. Para siempre.

Te beso,

F

Martes 31 de octubre

Mi amor: me he pasado toda la mañana esperando al Jefe, no a Godot, y ahora tengo que ir a almorzar al Círculo Naval, trataré de verlo por la tarde. Flacso siempre el mismo quilombo. Y sin Ana, tengo todos los ficheros y papeles de rutina completamente desactualizados. No pienso hacer nada hasta hablar con él y resolver lo principal, que es lo de Washington. Aquí, en general, hay gran expectativa por lo de Chile ya que el plazo vence pasado mañana y no hay por el momento solución. También hay cierta crisis de gabinete. Yo tenía que verlo al canciller Montes (un almirante de la dictadura), después de la entrevista de NY y ya renunció. Aramos en el mar... Sigo bombardeando a *El Diario* con colaboraciones y cartas. También he escrito a Washington, y espero alguna noticia de Caracas. Estoy empezando a impacientarme, pero por suerte no estoy deprimido. Hoy esperaré tu llamado en la tarde. Seguro me llamás cuando estoy hablando con el Jefe y entonces, no voy a poder hablar ni con vos ni con él. Me muero. Mejor me reencarno. ¿Sabés cómo te extraño, Florencia? Como un loco. Me dio deseos y todo. Ya pasaron once días desde la partida. MAÑANA ES NOVIEMBRE mi vida... "ya lo sabrás"... Sigo sin recibir cartas tuyas, ni una, *as usual*, como diría la alemana de Colonia Tovar. Pero igual te adoro y te beso toda.

Miércoles 1° de noviembre

Mi amor, son las 11:30. Espero la tarde para hablar con el Jefe y saber algo de lo que nos interesa. También estoy pensando en vos por tu entrevista. Luego iré a un almuerzo político, más bien, seudopolítico. Pareciera ser que la cosa con Chile se arregla... menos mal. Volví y son las cuatro de la tarde. El Jefe no llegó y yo estoy que vuelo. Almorcé con amigos pero no los previstos sino con los periodistas. Fui al ministerio y todavía, según la información, tu libramiento no salió. Tenía que ver para averiguar al Jefe de Despacho de Administración, que no estaba. De allí pasa a gastos y de allí a libros, según me dijeron, antes de girarse a Caracas. Si la información es correcta, todavía pasará un mes antes de que recibas el dinero, salvo que ocurran milagros. Intentaré verlo a este señor la próxima semana, porque Administración me queda completamente a trasmano ya que no está en la zona de Plaza San Martín, sino en Diagonal Sur, cerca de la Plaza de Mayo. ¿En la embajada cómo supieron del libramiento? Y con ese dato, ¿no saben por experiencia cuánto tardan en hacerlo efectivo? Yo ya no tengo ganas de hacer nada salvo lo nuestro. Termino de hablar con Arturo. DIFICULTADES: que ya le cuestionan mucho la oficina de París. Yo le dije que no pretendo que haga una oficina en Washington, ni que institucionalice mi cargo allá, sino que me envíe a título personal, como me envía a Caracas, a negociar masivamente por tiempo indefinido. No tiene por qué darle cuenta a nadie. DIFICULTADES: cómo se arregla lo del sueldo administrativamente, ya que si me pagan sueldo allá se da permanencia y viático, no se pueda pagar por más de 90 días. Le dije que todo lo reglamentario tiene, él sabe, arreglo. Lo que importa es la decisión de fondo. Alega que también soy necesario aquí por todo lo referente a publicaciones. Le contesté que puedo hacerlo desde allá y que tienen prioridad las adhesiones. En fin. Está duro. Entonces le hice el planteo personal: 1) mi situación con vos; 2) la imposibilidad de seguir en Buenos Aires salvo con un sueldo excepcional; 3) el problema del cual te hablé en el aeropuerto antes de volver... le anticipé que si no tenía solución tendría que dejar Flacso. Se quedó preocupado. Quedó en contestarme definitivamente el lunes próximo. Te imaginás cómo me quedo y qué estado de ánimo tengo, y lo que será esta espera. Te quiero pero estoy muy triste. Te beso mucho y te necesito.

Carta de Florencia, fechada el 2 de noviembre

Hablamos hace un ratico. No te preocupes por lo del Jefe pues tu proposición pudo parecerle rara y tiene que digerirla. Te aseguro que a él le encanta que lo convenzan. De todas formas seguiré con las velas y los rezos.

Quiero contarte un poco más de mi nuevo trabajo: voy a dirigir un departamento que recoge y provee información a la empresa y el público. Tengo que ocuparme de organizar los archivos, microfilms, selección de publicaciones, elaboración de nóminas y cosas por el estilo. Buena parte de esta actividad debe ser mecanizada (es decir, procesar la información y mecanizarla). Muérete que voy a tener personal a mi cargo, incluyendo un analista de sistemas. Imagínate lo que pueden llegar a ser mis diálogos, cuando no tengo la menor idea de esas cosas. Mi única experiencia fue la elaboración de esos famosos manuales de educación programada, que los preparé de una forma empírica, pura intuición, sin ningún tipo de base técnico científica. De todas maneras me compré unos libros para estudiar este fin de semana, pues me muero de curiosidad y quiero hacer un trabajo brillante. Como voy a renunciar casi inmediatamente (no voy a renovar el contrato, ni a aceptar el nombramiento que me propusieron a partir de enero), les voy a preparar un informe con el diagnóstico de la oficina y su plan de trabajo. Pero quiero lucirme, pues uno no sabe si puede necesitar en un futuro de una buena referencia, a incluso un trabajo allí. Mañana en la mañana voy a firmar el famoso traspaso del carro de Carina. Y si me recupero del resfrío iré al matrimonio de Maribel (la compañera del viaje a Japón).

Cuento los días que faltan para vernos. Te extraño y te quiero todo el tiempo, con locura.

Jueves 2 de noviembre

Mi amor: hoy por fin recibí tu primera carta del domingo 22 con todo tu sentir y tu ternura maravillosa. Manuela tuvo muchas veces que separarse de Simón por razones de fuerza mayor, de hecho, por razones de mejor conveniencia, que son las que nos separan a nosotros durante este tiempo de preparativos y de arreglos de vida futura. No te sientas cobarde ni retraída. A mí también me lastima la ausencia y me siento mucho más responsable de ella que vos. Es decir, lo soy yo y no vos. Me contás que ganaste al *poker*, que le agradeciste a Luis y que lo que te puso realmente contenta fue que hablásemos por teléfono. Estás muy tierna y dulce y adorable, esposita.

Sigo esperando la respuesta del Jefe, de paso, hoy le envié una carta con mis argumentos.

UNA LINDA NOTICIA que va incluida. Lo que recibís es la prueba de página que yo mismo corregí, pero recién hoy –ya publicado– me di cuenta de un error: "en nuestra ciudad" digo, y no "en nuestras ciudades". El error lo cometí siempre, en todos los textos, incluso en el que vos tenés seguramente está así, en singular. No sé cómo se me pasó. No te envío el recorte del diario porque sólo tengo uno por ahora y el diario SE AGOTÓ, no por el poema, sino por un título de tapa sobre el caso Chile. Te conseguiré más en el mismo diario, espero. Ha gustado mucho y he tenido llamados, por el poema y por curiosidad de ¿¿¿quién es??? la que vive al Norte, pasando el Ecuador.

Un beso total

Viernes 3 de noviembre

Mi Florencia: recibí tu carta del jueves 26, pero me faltan las del lunes 22, martes 23, miércoles 25... Me decís que estás mejor y que saliste de un pozo depresivo y de malestar. Que hace unos días te quejabas amargamente por toda esta situación que nos obliga a pasar mucho tiempo lejos uno del otro. Ya sabés que yo también mi amor. Hasta tu Caracas te resulta aburrida, con su tráfico, las lluvias y el fastidio de las elecciones. Ya pasará todo esto. También me enviaste el recorte de los Ovnis. Y yo ayer me olvidé de preguntarte por las reservas de avión. Dentro de un rato me voy a almorzar a lo de Archie y allí estará también mi ex colega Hugo G. Tengo que ir a *Salimos* por la tarde y a *El Diario*. Por la noche tengo una comida de "nadadores veteranos" en el Club Universitario. Estoy deseando el domingo para llamarte y el lunes ¡para saber qué pasa! Vivo entre paréntesis, hasta saber el futuro inmediato y las fechas de viaje. También espero la contestación del viaje a Brasil, porque me gustaría ir y volver: que fuese lo más pronto posible, como entretenimiento hasta salir para allá y entonces sí, seguir para Washington si todo sale bien. También hay previsto un viaje a Montevideo, pero será de dos o tres días. Si lo hago te imaginás que veré a los Olmedo. Todo ello quisiera hacerlo antes del 20 y viajar a Caracas el 24 por ejemplo. Ya veremos.

Te extraño mucho y te beso toda

Lunes 6 de noviembre

Mi amor: ¿cómo te habrá ido hoy en tu primer día de trabajo? No me preocupa tanto porque es algo temporario, pero igual deseo que te resulte grato y nada pesado. Lo malo es que tengas que levantarte tan tempranito. Chiquita: hace muchos meses ya que te pedí la foto para la tapa del libro. ULTIMATUM: cuando te vea, quiero tener ya la foto. En blanco y negro. Un tremendo primer plano de tu cara, pero esfumada. Eso significa LEJOS MÁS TE QUIERO. Esa es la única tapa posible. Te aburriste durante meses y no te hiciste la foto !!!!!!????? ¡Y yo ando diciendo que se publicará próximamente en M. Avila! ¡Qué chanta! Por lo menos, la foto y el prólogo de Calzadilla. ¿Nos vamos a ir a Washington sin nada?

Hoy tengo un mal día. Estoy tenso. El Jefe no me dijo nada todavía, pero sé que tiene que hablar de presupuesto con Jorge y éste no está. Aunque esta mañana, en una conversación circunstancial, cuando le mencioné a una persona que se establecerá en Washington (ahora está en Buenos Aires), me dijo: ¿Entonces lo tendremos a mano? ¿Creo que era una clara referencia a su decisión de que yo me establezca en Washington? Quedó así. Tengo que saberlo esta semana porque el próximo lunes parte de viaje y vuelve el 5 de diciembre.

El día empezó mal porque ayer murió el hijo de Hugo G, que tenía cáncer (16 años). Él está muy mal porque era su chico preferido. Hoy lo enterraron.

El sábado por la noche no di más y visité a mi amigo Jorge V, después de tanto tiempo sin verlo. Fue muy lindo encontrarnos y charlamos hasta las cinco de la mañana de nuestros tiempos de Chile. Hoy tal vez vaya a la galería de Martha y Miguel, pero no estoy seguro. No sé si te conté que el viernes por la noche fui a la comida de los nadadores veteranos. Éramos 132. También hubo lindos encuentros con viejos amigos. Quiero llegar definitivamente a nuestra nueva vida en Washington. ¿Será posible?

Te extraño y te necesito mucho. Te beso

¡Hace 16 días que dejé Caracas y sólo recibí dos sobre tuyos! ¡Me voy a poner BRAVO como dicen en Venezuela!

Martes 7 de noviembre

Mi vida: son las siete de la tarde. Recién el Jefe me dio luz verde para Washington pero todavía no decidió el sueldo, y en cuanto a plazo, me pide que por ahora la cosa sea de seis meses y renovarlo por otros seis de acuerdo a los resultados. No puedo objetar eso. De tal modo, yo trataré de sacar pasaje por Aerolíneas Argentinas para el viernes 24 a Caracas y vos conseguime Caracas-Washington o mejor dicho Nueva York para el viernes 1°, o sábado 2, o domingo 3. En enero podremos instalarnos en Washington, tal vez en un departamento amueblado o semiamueblado. Si tuviésemos la seguridad de un año, podríamos tomar uno totalmente vacío e ir amoblándolo todo. Si estamos seis meses yo creo que seguiremos todo el año. Ya veremos qué es lo que encuentro, precios, etc. Podemos tomar uno por seis meses, y si nos quedamos, seguir en el mismo o buscar otra cosa ya juntos los dos (juntos la búsqueda quiero decir). Eso coincidiría con junio y con Natasha. Mi amor, qué vida loca la nuestra, pero es vida al fin.

Mañana tengo que ponerme en movimiento con el tema pasajes, venta de auto, y un montón de cosas que me deja el Jefe. Entre otras, antes de 24 tendría que saber si Brasil me invita o no, pasar por La Paz, por Montevideo y tal vez por Lima. ¿Cómo podrá hacer todo esto en dos semanas además de arreglar mis cosas? Ya sé que me iré dejando la mitad colgada, pero ya veremos cómo hago. Lo charlaremos juntos en Caracas. En cuanto tenga fechas te aviso. Estoy enloquecido esperando tu llamado.

Un beso inmenso y todo mi amor

PS: Tal vez, del 3 al 20 de diciembre debo conseguir el depto, o antes si lo logro, y volver a Buenos Aires a terminar mis cosas y lo de Flacso en la zona. Luego pasaría las Fiestas con vos para viajar juntos a Nueva York el 1° y a Washington el día 2.

Carta de Florencia, fechada el 8 de noviembre

Son las 10 pm de mi "primer día de trabajo".

Estoy supercansada pero no quiero dejar de enviarte aunque sea ideas sueltas.

Como te dije ayer por teléfono, entré en la "crisis de los 15 días" y tengo una ansiedad enorme por verte, todo mezclado con deseos y necesidad de afecto; tu compañía.

Ayer, (no sé por qué), pensaba en las épocas malas de nosotros, cuando estabas tan triste y yo no podía ayudarte. Y trasladaba esa sensación a lo que ocurre ahora, cuando tampoco puedo no digamos resolver cosas, sino por lo menos hacerte compañía.

Mientras te escribo (a los pies de la cama) Carlota está profundamente dormida sobre la almohada. Hoy estrenó un collar que usaba Katy (un pastor alemán).

Leo poemas tuyos como si pudiera traerte, como si pudiera llamarte así. ¡Pero qué sonido, cual voz podrá llegarte!

He llegado a amarte en silencio, pero quiero compartirlo contigo. Diálogo de palabras ausentes. Amor. Todo para ti.

F

Sigue Florencia el mismo 8 de noviembre

Anoche no te escribí porque tenía un poco de bronca. Hoy no tengo que trabajar pues es el día del urbanista y la oficina lo considera feriado. Si vieras qué lindo día, sin nubes, con ese sol brillante y fuerte de Caracas: me encantaría almorzar contigo en el mar, en ese lugar con terraza al que no hemos podido volver.

Voy a aprovechar el día para ir fuera de Caracas a comprar carne para mi dieta (aquí es carísima), Haydée me va a llevar en un carro elegantísimo que estrenó hace dos días.

Cuando salía para el banco esta mañana, recibí dos cartas tuyas: una del 2 y otra del 3. La primera con el poema. Revisé el texto del libro y no tiene el error, dice "nuestras ciudades".

Me tranquilizó mucho saber lo de Washington, aunque sea sólo por seis meses. Te voy a ayudar para que salga todo bien.

Mis estados de ánimo siguen cambiantes.

No he aumentado de peso y tengo la esperanza de rebajar un poquito para cuando vengas. No te imaginas la ilusión que tengo con tu viaje tan cercano. Hay muchísimas cosas que quiero contarte, además de todas las otras cosas que compartimos.

Mi salud también irregular. Generalmente me siento peor en las noches. Me he puesto tan horrible que ya estoy convencida de que es una niña. Por eso ya elegí el nombre. Voy a tener competencia.

¿Me quieres mucho? Yo te adoro.

F

Miércoles 8 de noviembre

Mi amor:

Estoy enloquecido de trabajo y trámites. Me faltan papeles del auto que tendré que ponerme a buscar para su venta. La venta misma la tengo casi arreglada, por supuesto, por menos de lo que siempre uno espera. Pasaje tengo el del 24. Liquidé ida a La Paz. Sólo me queda liquidar Lima y ver qué pasa con Brasil. Si voy a Brasil, de pronto tengo que salir desde Río mismo, dependiendo ello de la fecha. Estoy intentando conseguir entre el 18 y el 22, porque desde el 4 hasta el 17 tendré que conseguir el departamento en intensa búsqueda Estoy pensando en que si consigo algo bueno por un año, por cábala, lo alquilo. Pero debo antes de partir, editar dos boletines gruesos de Flacso. Me preocupan los papeles del auto porque eso puede tomar tiempo y yo quiero liquidarlo antes de partir en este viaje. A. Argentinas nos cortó el cincuenta por ciento del carnet de periodista para viajar en primera, sólo podemos hacerlo con esa tarifa en económica... Fui a renovar mi licencia internacional para conducir, pero en USA habrá que sacar la local porque sirve para todo. Es el verdadero documento de identidad. Vos también la vas a tener que sacar. Hoy salió una larga nota mía en *El Diario* y mañana aparece otra. También tengo que arreglar con ellos lo de Washington, y con todos los que pueda. Haceme acordar en Caracas que hable con la gente del nuevo diario de Diego Arria que saldría para el 10 de enero. No te olvides del retrato, del prólogo, y de todo o mejor dicho, de nada. Te adoro y tengo muchas ganas de verte.

Un beso muy largo

PS: A Montevideo iré un par de días la semana próxima seguramente. Vos confiás en mi buen gusto para el depto, ¿no? Yo ya sé lo que a vos te gusta.

Carta de Florencia, fechada el 9 de noviembre

Te escribo desde la oficina, con unos ataques horribles de sueño. Estoy contenta porque le voy dando forma a mi trabajo.

Como te contaba, ayer fui a comprar carne con Haydée. Me acordé muchísimo de ti, pues llegamos a una zona muy cercana al llano para la hora del atardecer. Me imaginaba aquel viaje que hicimos desde Mar del Plata hacia Pinamar.

Esta mañana, conversando con Ana Hilda, se me ocurrió que si tienes tiempo cuando vengas, podríamos pasar unos días (un fin de semana) en la playa. Sería cosa de decidir si vamos a la casa de Pina o al apartamento de Gladys (que tiene piscina).

Todo está casi igual. Yo sufro de pensar en preparar maletas, pues tengo que abrir nuevamente las que había guardado. Carlota se porta bien, aunque ahora tomó la manía de subirse a cada rato a la cama en las noches.

Esta carta parece un poco formal, pero no puedo evitarlo. Comparto una oficina con dos personas, ya que la supuestamente "mía" no tiene escritorio todavía.

No me creerás, pero tengo una nostalgia enorme de Buenos Aires. De repente me entraron unas ganas enormes de estar allí; tal vez porque ese viaje que compartimos fue tan lindo e importante.

Mi amor, te juro que la próxima será una carta de verdad-verdad. Lo único que puedo hacer ahora es mandarte un beso larguísimo que corresponde con el deseo que tuve ayer.

F

Jueves 9 de noviembre

Querida mía: son las seis y media de la tarde. Volví recién del Centro y vos me habías llamado hacía unos minutos antes. Me dijeron que llamarías a las siete nuevamente. Te espero. Recibí dos cartas tuyas juntas del 27 y 29, muy lindas las dos. Me contás de la posibilidad del trabajo. No estás gorda. Y tus sueños "extraños", ¿con deseos? Me agregás el certificado de la Embajada que es muy bueno. Tan bueno que estoy dispuesto a casarme de nuevo. Sigo enredado con mis trámites porque me faltan los papeles del auto. Tengo tanto que hacer. Además, una gran bronca porque me cancelaron la tarjeta del Diners en USA no obstante estar al día. Seguramente me reclaman por facturas que no llegaron. Es que casi siempre pago con demora por los viajes y lo que el correo mismo demora. Trataré de arreglarlo cuando llegue allá, pero esto es muy fastidioso. El tiempo por aquí está malo ya que llueve constantemente y hoy me siento engripado. Debo estar somatizando. Me duele la garganta. No veo la hora de partir y verte. Te estoy necesitando cada día más mi esposita. Quería mandarte los artículos que me publicaron ayer y hoy pero no tengo Xerox. Los enviaré más adelante o te los llevaré personalmente. ¿Cómo vamos a hacer cuando esté en Caracas? ¿Te veré desde las 5 pm hasta las 7 am? ¿Y no vas a poder ir a buscarme al aeropuerto esta vez? Llego a una hora mala para vos porque estarás trabajando. Llamalo a Oropeza y avisale para la reserva en el Anauco. Yo igual voy a enviar un télex, pero no sé si todavía está Oropeza en el hotel. Mi vida, espero tu llamado y mientras tanto me pondré a trabajar en los papeles.

Un beso inmenso.

Viernes 10 de noviembre

Mi amor: son las cinco de la tarde. Sigo de un lado para otro pero no logro conseguir mi vuelta a Buenos Aires desde Nueva York entre el sábado 16 y el sábado 23 de diciembre. La verdad es que estoy preocupado. Por otra parte, sigo trabajando aquí y espero noticias de Montevideo y Brasil. Con Lima todavía no hablé, para evitarme el viaje allí. También estoy confeccionando dos boletines para Flacso y terminé unas normas para uniformar publicaciones. Cómo éramos pocos, cayó la israelí que me visitó en Nueva York y que venía aquí para hacer un film de TV sobre Buenos Aires. Joroba todos los días por teléfono pidiendo mil y un datos. El Jefe parte mañana, digo el lunes, para México, etc. Logré la autorización de *El Diario* para el reportaje a Raúl Prebisch, y la próxima semana los encararé con motivo de mi viaje y estada en Washington hasta junio. También voy a hacer un arreglo especial con *Salimos*. Con dos o tres medios de aquí y uno o dos de Caracas... más Flacso, estaríamos bien. Aunque te lo diré el domingo por teléfono, y no recuerdo si ya no te lo pedí ayer, sería bueno que a través de la misma agencia que me reservó Caracas a Nueva York, me consiguieras NY-Baires entre las fechas del 16 al 23 de diciembre: tal vez desde allí tengan el cupo que no consigo desde aquí... Ayer entró tu llamado al fin, pero ya había cerrado el sobre que despaché antes de irme. Hoy no tuve cartas tuyas mi vida. Sólo cuatro en total, en veinte días... ¿te parece? Cualquiera de mis tías diría que sos una desamorada. La de los dos maridos está internada porque no anda nada bien la pobre.

Faltan dos semanas para vernos. Hoy le envié el télex a Oropeza. Llamalo. Te beso toda

Lunes 13 de noviembre

Mi amor: hoy recibí tu carta del 31 con Caracas y el granizo. Es una carta tan linda, tan linda como vos con tu amor maduro y tan intenso, que me llena de vida y de fe. Gracias por toda tu comprensión. Me hizo mucho bien. Espero tu llamado de mañana pues el jueves no sé si podré llamarte, ya que viajo a Montevideo y regreso el sábado por la mañana. Tal vez pueda conseguir desde allá. Veré a los Olmedo y les podré contar con más detalle todo. Ya suprimí Lima y me queda la incógnita de Brasil que ya a esta altura no creo que pueda ser, salvo que me llegara una invitación para el lunes y viajara desde Río a Caracas y no desde Baires, pero no me parece que ello vaya a ocurrir así. Sigo esperando mi confirmación desde el 16 al 23 NY-Baires. Tampoco conseguí para el primero o dos de enero, pero sí para el sábado 30 en Pan Am, llegando a las ocho de la mañana del domingo 31 a Nueva York. Tendré que optar por ese vuelo. Si te confirmo esto, a falta de otra solución mejor, ya que el dos de enero tengo que estar en Washington, vos llegarías unas horas después de mi arribo, y entonces sería yo quien te esperaría en el hotel. Para el caso, nos podríamos alojar por esa noche y el día primero en el Saint Moritz. Si así ocurre, pasaremos el 31 juntos y el primero o el dos muy temprano partiríamos a Washington en auto alquilado. ¿Sería hermoso no? Estuve con el Jefe Arturo y arreglamos lo de los 2.500. Ya lo integraré con otras cosas: *Salimos, Auténtico, El Diario*, etc.

Hoy almorcé con Archie y mi amigo Jorge V. Ya te voy a contar muchas cosas. Yo vivo haciendo nuestros planes y arreglando todo lo que tendré que hacer de trabajo en Washington: papeleo, gentes, estrategias de trabajo, lo periodístico. Mi cabeza trabaja todo el día y duermo muy poco porque se me ocurren mil ideas por minuto. Le rompo los kimbos a todo el mundo. Mientras tanto, te sigo adorando, y cada día más. Y te extraño todo el tiempo y te deseo todo el tiempo.

Martes 14 de noviembre

Mi querida: recién me llamaste. Te quejás de mis cartas, que soy un hombre distinto. Mi amor: ¿no podés comprender todo lo que tengo que asumir y resolver, tomar y dejar? Lo hago con amor mi vida, pero todo cuesta mucho. Vos sabés que no es fácil conseguir las pocas cosas que uno necesita para instalar su felicidad. Yo, por lo menos, no he logrado nada fácilmente. Mis cartas anteriores eran el amor rodeado de total despreocupación, ya que esta unión estaba lejos de concretarse, porque los resultados del amor también estaban lejos. Pero ahora todo está aquí, y yo recién estoy empezando a obtener lo que necesitamos para poder estar juntos para siempre. Tratá de entenderme por favor. ¡Fijate el lío que armo con Brasil para que no se modifique nuestro calendario! Si se entera el Jefe, se muere o me mata. Ni sé qué pensará el canciller brasileño Azeredo cuando le reclamo la invitación que me hizo en Nueva York, y luego le mando decir que estoy disponible recién a partir del 15 de enero, y desde Washington y no desde Buenos aires... Antes te quería con palabras, ahora con hechos. Te adoro. Son las siete y media de la tarde. Voy a despachar esta carta porque el correo cierra a las ocho.

Te beso toda, entera

Miércoles 15 de noviembre

Querida mía:

Amanecí con una alergia acompañada de violentos estornudos que me ha tenido y me tiene mal. Tuve que tomar un benadryl en la mañana y quedé dormido como aquella noche de despedida en el famoso restaurant. Mañana viajo a Montevideo. Parece ser que consigo vuelo de A. Argentinas el 19 de diciembre para volver a Baires. Sigo pensando en qué hago respecto del fin de año, si vuelo el 30 o el 2, ya que el 1 no parece posible. Pero no quiero dejarte tanto tiempo sola. ¿Vos conseguiste ya tu pasaje? No me diste todavía noticias de la foto y del prólogo... Ojalá que Azeredo no se indigne y mantenga su invitación, porque de otro modo, el Jefe me mata. Tengo todos los días almuerzos o comidas porque debo definir muchas cosas antes de este pequeño viaje de ida y vuelta, para rematarlas en los diez días que pase en Baires antes de fin de año. Son las seis y media. Esta noche tengo la despedida de un amigo mío que se va a Bruselas. La verdad es que estoy como para irme a dormir más que a salir.

La semana próxima almorzaré con un editor para nuestro libro.

Te beso

Jueves 16 de noviembre

Mi amor: ayer fui a la comida de despedida. Comí un puchero riquísimo, pero luego empecé a sentirme realmente mal. Entre la alergia, el sueño de benadryl y el nuevo malestar pasé una noche horrenda y amanecí como apaleado. Carbón, buscapina, etc: toda la batería farmacéutica que vos conocés. Supongo que lo que me cayó mal fue una milanesa al atún que comí la noche anterior con Brugo, mi dentista, salvo que todo sea un proceso de somatización por las tensiones y nervios de este último tiempo y del tiempo por venir con su carga de real desafío en todos los órdenes. Son las 15:30 y dentro de una hora me iré a Aeroparque para viajar a Montevideo. Estaré de vuelta el sábado por la mañana. El Jefe me envió un cable avieso desde México, pidiéndome un informe especial que me demandaría un mes hacer, por la investigación previa. Le he contestado que no tengo tiempo. Es que él no quiere que me vaya ahora sino directamente en enero, pero yo también soy terco como él.

Te beso y te necesito mucho

Lunes 20 de noviembre

Mi vida: son las 11 de la mañana y recibí dos sobres tuyos. Carta del 2 a máquina. Me contás del nuevo trabajo con ofrecimiento de renovar el contrato, pero ya tenés contrato conmigo. Que te den corresponsalía de gestión e información en Washington DC. Al irte, ofréceles tus servicios desde allá. Luego viene una carta a mano del 6 (saltaste del 2 al 6, ¿y el resto?). Primer día de trabajo. El recuerdo de los días malos y la lectura de mis poemas con la crisis de la espera. El amor en silencio. Una carta muy pero muy linda. Después una del 8 a máquina donde me decís que el 7 no me escribiste porque tenías bronca… ¿conmigo? Ganas de almorzar frente al mar. Nostalgias de Buenos Aires y planes de playa que desde ya acepto para el primer fin de semana si es posible. Y prometés carta de verdad-verdad. Mi amor: aunque te quejes de mis cartas tan pedestres, por lo menos te escribo todos los días. Pero yo tengo tuyas: del 26 y 31 de octubre (me fui el 29), y no tengo del 21, 22, 23, 24, 25, 27, 28, 29 y 30… ¿qué te parece? Y de noviembre me faltan las de 1, 3, 4, 5, 7, 10, 11, etc. Y mantengo un bastante buen estado de ánimo todavía, sobre todo con las ganas de verte que tengo y que ya se acerca el día. Esta semana que me queda es de locos en cuanto a cosas que hacer y arreglar. Te quiero mucho y tengo una tremenda necesidad de vos. ¡Te beso toda y con deseos!

PD: no voy a escribir porque mis cartas llegarán después de mi viaje y pierden sentido, salvo que tenga que contarte algo especial.

Jueves 24 de noviembre

Mi vida: Ayer estuvo Eduardo Mac y luego Pérez Celiz. Eduardo te quiere mucho y me preguntó si te casabas o no. Le dije que sí, que ya nos habíamos casado. ¡Saltó de alborozo! Porque estaba por encabezar una solicitada de los plásticos argentinos para que te casaras conmigo.

Te extraño. Pienso en vos todo el día.

Un beso mi amor

Carta de Florencia, fechada el 29 de noviembre

Son las 9:00 pm del domingo con una ganancia importante en el juego… Te sentí muy caído hoy y me preocupa no poder ayudarte.

Carlota vino hoy, con una franela de mangas cortas que le quedaba bellísima: muérete que la trajo Trigal (furiosa, por supuesto).

Mañana tengo que levantarme temprano para buscar una carta (constancia) del Colegio y luego ir a la Embajada para averiguar qué pasó y quién me llamó para contarme lo del pago. Como te expliqué por teléfono, quiero guardar la mayor parte para tener un fondo de reserva. Por otra parte, si consigo el trabajo voy a "rellenar" algunas cositas pequeñas pendientes. Lo único que me hace falta entonces, es saberte bien, tranquilo y contar los días para que llegues pronto.

Me haces una falta enorme, en todos los sentidos. Y extraño mucho nuestras conversaciones: esa falta de comunicación me hace sentir muy sola. ¡Es tan lindo encontrarte y compartir cosas!

Ojalá tenga buenas noticias para contarte mañana. De todas formas el martes te llamaré y podremos decirnos Te quiero, mi amor.

F

Jueves 21 de diciembre

Mi amor: llegué ayer después de un fatigante viaje porque no era directo, ya que paró en Río de Janeiro. Al fin aterricé a las tres de la tarde bajo un calor horrible y húmedo... Esta es mi peor llegada por la fecha de fin de año, fiestas y todo lo que tengo que hacer, perdiendo desde el vamos tres días en Montevideo. Entonces me quedan hoy y mañana hábiles y el viernes 29. Es decir, tres días hábiles para arreglar diez mil cosas. Como te imaginarás, nada o casi nada podré hacer, y eso me ha puesto mal. Fijate que mañana es sábado y el lunes 25 feriado. El martes 26 me voy a Montevideo y llegaré el 28 por la tarde o noche. Es decir, me queda solo el viernes 29, ya que el lunes es también feriado (1°). Si salgo el dos, como está previsto, ni tiempo de estar con mis hijos. Trataré de arreglar algo con *Salimos* y el sábado iré a *El Diario*. Perdoná que no te escriba más, mi amor, durante estos días. Hoy trataré de llamarte pero no desde Flacso porque hay una total restricción presupuestaria que se dirige entre otros ítems a las llamadas de larga distancia. Lo haré de cabina. De otro modo, será mañana por la mañana. Te quiero y te extraño. Un beso,

PD: De Ezeiza al centro, ¡40 dólares! La ciudad más cara del mundo. La gente está al borde.
¿Y Natasha?

Al terminar este importante –para mí– año 1978, consigné en mi diario los siguientes hechos internacionales

- Suecia es el primer país en prohibir el uso de aerosoles por considerarlos dañinos para el medio ambiente.
- Fuerzas israelíes producen un sangriento y violento ataque en campos Palestinos en el sur de Líbano, atribuido como acto de respuesta a un ataque terrorista sufrido en Israel.
- El Primer Ministro de Italia Aldo Moro es secuestrado en Roma, y asesinado por las Brigadas Rojas.
- El Presidente de Egipto Anwar Sadat y el Primer Ministro de Israel Menachem Begin firman un tratado de paz en Camp David, Maryland.
- La ex Primer Ministro israelí Golda Meir muere a los 80 años después de sufrir de leucemia durante 12 años.
- Este fue el año en que el Vaticano tuvo tres Papas: Paulo VI, que fue sucedido por Juan Pablo I, que murió de un sospechoso ataque al corazón a los 34 días de su asunción, y es sucedido por Karol Wojtyla, bajo el nombre de Juan Pablo II, siendo el primer Papa no italiano en los últimos 400 años.

Epílogo

Aquí decidí terminar con el Diario íntimo porque los hechos superaban cuanto podía consignarse, y también nuestra tan deseada convivencia, que se dio por fin, terminó con las cartas y las difíciles llamadas telefónicas. Logramos comenzar a vivir juntos en Washington DC. Como mis hijos iban a tener las fiestas con la madre, yo me desentendí de todo ello y pude pasarlas con Florencia, al resolver todos los arduos problemas de pasajes aéreos. Viajamos juntos a Washington DC via Caracas-Nueva York, buscamos departamento y nos instalamos en la avenida Connecticut al 4600 con un buen living, dos dormitorios, dos baños, en fin, algo nada lujoso pero muy cómodo para esperar a Natasha y tener lugar para las visitas de las hermanas de Florencia, pero sin sus mascotas, como Carlota o Bobby. Sorpresivamente, en Flacso se produjo un "golpe de Estado" a cargo de chilenos, mexicanos y ecuatorianos, el Jefe fue desplazado de la presidencia y todos los integrantes del secretariado de nacionalidad argentina fuimos, previa indemnización, cesanteados. Pero a las 24 horas de producirse tal calamidad, fui compensado milagrosamente por la decisión de *El Diario* de nombrarme corresponsal en los Estados Unidos con sede en Washington DC. Partí a Buenos Aires para cerrar el arreglo y Florencia a Caracas para parir a Natasha en medio de la familia y de los médicos, también familiares, comenzando por su padre. Al volver ella con Natasha, ya estábamos bien instalados. Desde allí escribía mis notas diarias para *El Diario*, en mi Lettera 22, que luego pasaba Florencia en una teletipo de duro teclado que yo odiaba y cuyo alquiler pagaba por supuesto *El Diario*, hasta que descubrí que la misma empresa tenía ya las primeras computadoras con pantalla y un teclado liviano, como el de hoy aunque no un disco rígido con tanta memoria. Pero ese reemplazo me permitía hacer las notas en mitad de tiempo y mandarlas prolija y directamente a *El Diario*, sin perjuicio de mis visitas al Club de Prensa en la calle 14 o alguna de las agencias con las que trabajaba *El Diario*. Natasha comenzó a crecer allí, visitada de tanto en tanto por sus jóvenes tías, que se instalaban en el departamento llenándolo de alegría. Florencia me ayudaba mucho, como una verdadera secretaria, ya que llevaba las cuentas de los gastos de *El Diario* y archivaba cuidadosamente mis notas bien recortadas y pegadas en carpetas *ad hoc*, cuando llegaban en los paquetes semanales desde Buenos Aires. El trabajo era arduo y por lo menos despachaba una nota diaria, con viajes a otras ciudades para seguir las Primarias o hacer reportajes, que incluyeron hasta un viaje a Teherán con motivo de la toma de rehenes estadounidenses. Cuando debía viajar a Nueva York, lo hacía también llevándola a Florencia. Si estaban una o dos de las hermanas, quedaban a cargo de Natasha, que era un sol. Incluso, al alguna oportunidad la llevamos con nosotros a Nueva York en auto y en el hotel, generalmente en el United Nations Plaza, porque quedaba frente al edificio de las Naciones Unidas, le colocaban una pequeña cunita. Lo más importante, en el plano personal es que terminaron las separaciones, las ansiedades, las dudas y todas las angustias. Reinaba el amor.

Este libro se terminó de imprimir en junio de 2018 en Imprenta Dorrego (Dorrego 1102, CABA).

www.ingramcontent.com/pod-product-compliance
Lightning Source LLC
Chambersburg PA
CBHW020659030726
47498CB00002B/571